「ああ……凄いタイミングで来るな、お前らは」
マクシミリアンはただそこに立ち尽くしていた。
息絶えた兄の側で、血に濡れた剣を手にしたまま。

ファランディーヌ・エミリア・グレイル
ネージュ達が仕える女王陛下。十三歳。いつも威厳があって凛としているが、年相応の顔を覗かせることもある。
バルトロメイ・ガルシア
第三騎士団団長で、ネージュの直属の上官。全騎士の中でも最年長ながら未だ衰え知らずの実力を持つ、英雄中の英雄。
フレッド・イーネル
ネージュの同期で、第二騎士団副団長。女好きの伊達男。
ネージュ・レニエ
乙女ゲーム「女王陛下の祝福」の世界に転生した存在で、第三騎士団副団長。たくさんのデッドエンドを回避するべく奮闘する。
シェリー・レイ・アドラス
ネージュの親友の、気高く美しい女騎士。「女王陛下の祝福」のメインヒロイン。

マクシミリアン・ブラッドリー
女王ファランディーヌの叔父。
とある理由から
女王を廃そうとしている。
イシドロ・
アルカンタル
黒豹騎士団の第四位。
戦闘以外に
興味を持たない。
カーティス・
ダレン・アドラス
騎士団長をつとめる
最強の騎士。
侯爵位を持つ大貴族にして、
シェリーの養父でもある。
ロードリック・デミアン・
チェンバーズ
黒豹騎士団団長。
常識的で几帳面、
そして責任感の塊。
いつも胃が痛い思いをしている。
ミカ・フルスティ
黒豹騎士団の第三位。
十六歳という若年ながら
実力派の騎士。

「第四騎士団の救護所へ行こう。

相当の魔力疲労を起こしてる。

気付いていないだけで怪我もしているかもしれない」

「えっ、あ、あの……!?」

頬が燃えるような熱を放ち始めた。

脇役転生した
乙女は死にたくない
~死亡フラグを折る度に恋愛フラグが
立つ世界で頑張っています!~
水仙あきら
イラスト/マトリ

CONTENTS

イラスト／マトリ
デザイン／しおざわりな（ムシカゴグラフィクス）
編集／庄司智

神様。

もしも私を哀れとお思いなら、もう一度彼らに会わせて下さい。

私を教え、導いてくれた人達《ひとたち》に。

いつも助けてくれた慕わしい彼らに。

どうかお願いします。

大好きな皆にほんの一時でも会えるのなら、肉体が朽ちて魂だけになった後でも構わない。

私は頑張るから。もう二度と間違えないから。

それでも。

ここまで祈りを捧《ささ》げても、この願いが聞き届けられないのならば。

神様。

私は二度と、この残酷な世界に生まれたくなんかない――。

第一章　ヒロインの出自に謎がある

宝石のような翡翠《ひすい》の瞳に、薄く色づいた唇。白皙《はくせき》の頬は透き通るようで、一つにまとめた銀髪が窓からの日差しを浴びてきらきらと輝く。身に纏《まと》う濃紺の騎士服は銀モールが華を加味しており、彼女の魅力を引き上げる一助になっていた。

絶世の美女とはこのシェリー・レイ・アドラスのためにある言葉なのだろう。

「ねえシェリー。日本、って知ってる……？」

隣を歩く美しき親友に対して、ネージュ・レニエはとんでもない質問をぶつけたところだった。

彼女は不思議そうに首を傾《かし》げて、見た目通り凜《りん》とした声でこう言った。

「ニッポン？　聞いたことないわ。流行のお菓子か何かかしら」

うん、ですよね。

裏表のない笑顔を前にして、ネージュは引きつった笑みを浮かべるしかなかった。

＊

その瞬間は何の前触れもなくやってきた。

昨日の夜、シャワーを終えて何気なく寮の自室の鏡をのぞいた時のことだ。ネージュは経験したことがないほど激しい頭痛に襲われた。

肩までのミルクティー色の髪が水を滴らせているのにも構わず頭を抱えて蹲《うずくま》ると、脳内にとある映像が流れ込んでくるではないか。

信じられないほど背の高い建物。その間を通る四角くてでかい化け物たち。そうだ、ここは日本で、ビルの間を車が縫って走るありふれた光景だ。そしてこの景色を見つめるのは、他でもない自分。

足取りが軽いのは新作を手にしたから。大好きなメーカーの新作乙女ゲーム「女王陛下の祝福」だ。ああ、この時をどれほど心待ちにしたことか。

そう、ネージュは交通事故で急死するまで日本で暮らしていた。趣味が乙女ゲームで彼氏いない暦＝年齢という干物ぶりを除けば、普通を絵に描いたような女子大生だった。

そして我が家に辿《たど》り着《つ》いてからは夢中になってそのゲームをプレイし……クリアする頃には泣きすぎて目を腫らしているという異常事態に陥っていた。

「女王陛下の祝福」はエンディングが全てデッドエンドという、だいぶ攻めた内容で物議を醸した問題作だったのだ。

しかしネージュは登場人物の熱い生き様にすっかり心奪われてしまった。

何よりもまずヒロインのシェリーがいい。美しく気高い女騎士で、恋よりも女王への忠誠を優先する不器用なところが愛《いと》おしい。攻略対象たちも個性派ぞろいで、それぞれが魅力的だ。

彼らは皆、戦いの中でその命を散らしていく。忠誠をテーマにした物語は重苦しく、しかし最高に熱かった。

ちょっと待って。ここって、その「女王陛下の祝福」の世界なのでは？

ネージュはようやく悟った。ゲームのヒロイン、シェリー・レイ・アドラス。彼女と自分はとても仲のいい親友だ。

さあっと血の気が引いていく音がした。震える手を口に当て、ヒロインの親友ネージュ・レニエが迎えた最期を回想する。

とにかくどのルートでも死ぬ。シェリーを庇《かば》っての戦死。敵兵に特攻しての戦死。傷を負ってろくに動けない状態なのに、女王を庇い弁慶のように立ったまま絶命……。

勇猛すぎやしないかな。

ネージュは脳内でツッコミを入れた。攻略対象顔負けの死に様には涙したものだが、それが自分自身となると感動などできるはずもない。

そして自分だけではなく、全ての登場人物がゲームが終わる頃には死んでしまう。前世の自分にとってはゲームの中の出来事だとしても、今の自分にとっては全員が身近に生きる人達《ひとたち》だというのに。

「さあ、そろそろ状況を理解したであろう」

それは透き通るような声音だった。

ネージュは恐る恐る琥珀色《こはくいろ》の瞳を開く。いつのまにか自室ではなく、ぐるりと柱に囲まれた神殿のような空間にいて、突然の事に目を剥《む》いた。

その中央、ソファのような形をした白い石の上に、一人の美女が座っている。

「よく来た。愛しき地球の子よ」

美女はプラチナの髪を耳にかける仕草をした。金の瞳を細め、慈愛に満ちた微笑《ほほえ》みを浮かべてこちらを見つめている。

「会えて嬉《うれ》しく思う。我の命を聞くがよい」

「え、ちょっとまってまって。全然話に追いつけない」

ネージュは美女の話を大胆にぶった切った。

本当にちょっと待ってほしい。乙女ゲームの世界にいるらしい事もまだ納得していないのに、その上転生に関わる神的なもの登場って、お約束なんだろうけど流石《さすが》についていけない。

美女はペースを崩されてムッとした表情を見せた。神様然とした喋《しゃべ》り方の割に、意外と人間味があるな。

「えっと、貴方《あなた》は何者？」

「我は神である」

テンプレかつ正解かよ。

声なきツッコミに気付いた風もなく泰然と話す神は、一応は機嫌を直してくれたらしい。ネージュは質問を重ねることにした。

「神様って、どういう神様？」

「我は生み出し、与え、造るもの。魂の管理者たる、唯一無二の存在である」

うん、壮大すぎてよくわからんけど神っぽい仕事だね。

もはや完全に容量オーバーの頭は、意味のない感想しか抱いてはくれなかった。真っ白になったネージュを顧みる様子もなく、神は楽しげに声を弾ませている。

「女王陛下の祝福という遊戯に勤《いそ》しんでみたのは、まあ単なる趣味よな」

「いや、神様ってゲームするの⁉」

ネージュも今度は黙っていられなかった。

趣味って認めちゃったよ。泰然としてるから騙《だま》されそうになるけど、この神さては年中遊んでるな⁉

「するとどうだろう、あまりにも悲しい物語ではないか。我はこの遊戯に登場する者達の、死という運命を書き換えたいのだ。でなければ悲しすぎてこの先百年は暗い気持ちになろう」

「結構引きずるんだね」

神の割に。感情とかなさそうな佇《たたず》まいの割に。

「というわけで、プレイヤーの乙女達の中で唯一急死したそなたに、この世界へと転生してもらうことにした」

「無視かな」

「無事に皆の死を回避したら、そなたの願いをなんでも一つだけ叶《かな》えてやろうぞ」

「こんな無茶振りある？　ねえ、聞いてないふりやめようか？」

ネージュの無表情での指摘を無視し続けた神は、ふと意地悪そうな微笑みを見せる。

「引き受けてくれような。なにせそなたは、この世界で生きてきたのだから」

踊らされている。ネージュはぐっと唇を引きむすんだ。

そう、日本にいた頃はゲームの中の存在でしかなかった彼らへの思いは、実在する者への親愛として胸の内に宿ってしまった。

その彼らが死んでしまうとわかっていて、手をこまねいて見ていることなどできるはずもない。

そもそも、何もしなければ自分も死ぬのだ。ならば選択肢は一つしかない。

「当たり前！　絶対に、誰も死なないエンディングに辿り着いてやる！」

「なれば良し。地球の子よ、そなたの勇気に感謝する」

この神はどうやらかなり横暴な性格の持ち主のようだ。

確信を得たネージュは、晴れ晴れと笑う神の顔が白く霞《かす》んでいくのを、ただ見守るしかなかったのである。

＊

「あ……あははは！　そうだよね！　いや、そんな単語を小耳に挟んだ気がしたんだけど、気のせいだったのかな⁉」

ヒロインの答えを受け、ネージュは笑ってごまかすことにした。

まず考えたのは、もしかしたら他にも転生した者がいるかもしれないという事。なにせ自分は脇役なのだから、ヒロインが転生者でもおかしくはない。

転生者ならば自身を待ち受ける未来を知り、死を回避しようと考えるに決まっている。つまりはかなりの確率で仲間になれるはずで、それがシェリーなら心強いと思ったのだ。

しかし予想は外れてしまった。彼女が隠し立てする理由はないし、この素直な笑顔が偽物であるはずもない。

「そうなの、変わった文字列よね。ニッポン……何だったのかしら?」

不思議そうに顎に手を当てた親友を前に、ネージュは罪悪感を募らせた。

ごめんね、嘘《うそ》をついて。

ヒロインではなく親友に転生させた理由は想像するしかないが、恋心が邪魔になるからとかそんなところだろう。

脇役補正のおかげか、ネージュは今のところこの世界で誰かを好きになった事はない。自分と恋人だけ無事ならいいなどと割り切られてしまっては、それ以外の人々の死は避けられないだろうから、脇役への転生が奏功したと言える。

「突然だけど、シェリーって気になる人はいないの?」

ネージュはもう一つの最重要事項を質問した。

昨夜ゆっくりと記憶を辿って確認したところ、なんと今日から物語がスタートする事が判明したのだ。誰を攻略するかによってルートが分岐するのだから、シェリーの恋の相手が誰なのかを知る事ができれば、バッドエンド回避の対策も立てやすいはず。

「いないわね。今は騎士として精一杯務めたいの。女王陛下の恩義に報いるためにも、自分の事にかまけている場合ではないわ」

返ってきた答えは清冽《せいれつ》な意思に満ちていた。

そうだ、この子はこういう子だった。十五歳で騎士団に入団してきた時から三年、その決意はより強くなっているようにすら見える。常に女王陛下への忠義と自身の使命への誇りを持ち、身命を賭して職務を全うする。弱きを助け強きを挫《くじ》き、周囲の者を愛し民を守る、そんな彼女だからこそ皆が惹《ひ》かれて止《や》まない。

シェリー・レイ・アドラスは乙女ゲームの主人公であると同時に騎士であり、ネージュの唯一無二の親友なのだ。

「そっか……そうだよね。ごめん、変なこと聞いちゃって」

ネージュは強い光を宿した瞳から目を逸《そ》らして肩を落とした。いくら人の命がかかっているとはいえ、彼女の誇りを汚すような事を言ってしまった。

「そんな、謝るような事じゃないわ。……あ！　もしかして」

落ち込むネージュとは裏腹に、シェリーは閃《ひらめ》いたとばかりに両手を打った。

「気になる人ができたの？」

「え⁉　いやいや、違うよ！　そんなわけないじゃない！」

輝く瞳で顔を覗《のぞ》き込《こ》まれたネージュは慌てて首を横に振った。

この親友はすっかり勘違いしているようで、過剰な反応を照れからのごまかしと受け取ったらしい。

「ねえ教えて、絶対に誰にも言わないから。応援したいのよ」

「違うってば。ただ何となく聞いてみたくなったの！」

「でも、こんな話を持ちかけてくるなんて初めてでしょう。怪しいわ」

半眼になった翡翠に見つめられるが、本当にいないのだから仕方がない。

十代のうちに嫁ぐ女子も多いこの世界において、二十二歳のネージュは適齢期ギリギリの年齢だ。

平民上がりの兵士として働き、ようやく難関を突破して騎士になった。それからは自分の力を示す事に精一杯で、気付いたら二十歳を過ぎてしまっていたのだ。周りはそんなネージュを心配してくれたが、とうの本人は別段どうでもいいと思っている。

なぜなら、とあるきっかけから騎士になる事が夢だったから。それがゲームのシナリオによるものだったとしても、自分自身が憧れたという事実だけは、今この時に至っても揺るがない。

「本当にいないよ！　もしそんな人ができたら、シェリーに真っ先に相談してるってば」

力強く否定したらシェリーは少しの間目を丸くしたまま黙り込み、嬉しそうに破顔した。

「そう……そうよね！　相談してくれるわよね」

どうやら相談相手に指名された事が嬉しかったらしい。近寄りがたい程の美貌の持ち主のくせに、こういう素直なところが可愛《かわい》いのだ。

「そうだよ。だからシェリーも、もし何かあったら」

「楽しそうだね。君達は本当に仲が良《い》いな」

続けようとした言葉は深みのある低音に遮られた。

振り返るとそこには騎士団長カーティス・ダレン・アドラスがいて、二人はすぐさま直立不動の姿勢をとる。

「アドラス騎士団長閣下！」

二人分の声と踵《かかと》が鳴る音が廊下に響く。左脇腹に右拳を置き、左腕を下へと伸ばす礼の姿勢を取った部下を前にして、カーティスは小気味よく笑った。

「楽にして結構。いや、参ったね。こんな仕事をやっていると、娘と普通に話すこともままならない」

この騎士団長閣下は侯爵位を持つ大貴族にして、シェリーの養父でもある。

年齢は三十六歳。ダークブロンドを少し上げた髪型と空色の瞳は渋みがありながらも爽やかな印象を残し、整った顔立ちは精悍《せいかん》な輪郭を描く。騎士らしく厚みのある長身に金モールに彩られた濃紺の騎士服を纏い、膝から下を黒の革ブーツに包んだ足は引き締まって長い。我が国最強の騎士と言うにふさわしい実力に、多大なる戦功まで有するとなれば、史上最年少にして騎士団の最高指揮官にも就任しようというものだ。

「騎士団長である貴方に対して敬意を払うのは、部下であれば当然のことです」

「真面目だなシェリーは。しかし少々お硬すぎると思うけどね、私は」

「性分ですから。今更どうすることもできません」

いつものやり取りを眺めながら、ネージュは心中穏やかではなかった。

結論から言おう。この騎士団長閣下は非攻略対象にして全ての謎を握る最重要人物なのである。シェリーは幼い頃に流行病《はやりやまい》で両親を亡くし、親戚であるカーティスに引き取られた。この話はシェリー本人から聞いていたのだが、昨夜にゲームの記憶を取り戻したことによって全くの偽りであることが判明した。

ストーリーの根幹を成すのが、女王とその叔父マクシミリアンによる血で血を洗う政争である。そして終盤で明かされるのはシェリーがマクシミリアンの血の繋がった娘という衝撃の事実。そうつまり、カーティスはシェリーの為《ため》を思って意図的に真実を隠して来たという訳だ。

うん、頭痛い。主人公がラスボスの実子とは、乙女ゲームではなく少年漫画みたいな設定だ。シェリー、君はなんてものを背負っているんだよ。

ネージュは地面に蹲りたい気分だった。国を揺るがす機密情報を手に入れてしまったという緊張、そしてここまでの秘密を手に入れても友へ明かせない罪悪感。

カーティスは友人のマクシミリアンに頼まれその娘を育てたという情に厚い人物だ。しかし友が反旗を翻した事から対立し、作中では思い悩む姿を見せていた。そして最後に解放される真相解明の真ルートでは、壮絶な戦いの末に命を落とす。

この尊敬する騎士団長が、今日を境にそんな状況に身を置くことになってしまうとは。ネージュは人知れず胸を痛めたが、同時に決意を新たにしていた。

絶対に誰も死なせない、と。

「レニエ副団長、シェリーとこれからも仲良くしてやってくれ。君の今日の夜会での活躍を期待しているよ」

「は！　勿体無《もったいな》いお言葉です、騎士団長閣下！」

カーティスは微笑み一つを残して立ち去って行った。

それにしても男前だ。ゲームをプレイしていた時は、どうしてこのキャラが攻略対象じゃないのかと残念に思っていたっけ。

「父上にも困ったものだわ。公私の区別はつけるべきだと、日頃から申し上げているのに」

「それだけシェリーが大事なんだよ。良いお父様じゃない」

そう、何せ最後には娘を庇って命を落とすくらいなのだから。


この世界の魔法には大きく分けて七つの属性があり、魔力を持って生まれた者は例外なくどれか一つに該当するようになっている。自身の属性以外は強い力を発揮できず、土属性のネージュもその例に漏れない。

地味で平凡な外見にぴったりな土の魔力は、パワーだけは桁外れで、今までの人生においても大いに役に立ってきた。

「そこ！　そこで間髪入れずに魔法発動！」

ネージュは訓練場にて大立ち回りを演じながら、部下たちに檄《げき》を飛ばしていた。

騎士になるには魔力を持つことが第一条件とされる。魔力を持つものは全体人口の一割程度しかおらず、その中でも強い魔力を持っていないと箸にも棒にもかからない。更には筆記、体力測定、

剣術体術、そして面接と厳しい試験を突破した者だけが、超高倍率を掻《か》い潜《くぐ》って騎士になることができるのだ。

騎士になると準貴族の位が与えられ、副団長ともなれば子爵位を賜ることになる。ただし貴族社会に溶け込む気が無いネージュは、貴族階級であるにもかかわらず平民と同じような暮らしを営んでいるのだが。

「周りよく見て！　周囲と連携！」

周囲に築いた土の壁を崩そうと、騎士達は躍起になって襲いかかってくる。しかしネージュの実力には及ばず、全員が一撃も入れられないまま魔力切れを起こしてしまった。

「うん、先週より長い時間戦えたね。良い傾向だよ」

しかしへたり込んで肩で息をする騎士達は、上官の褒め言葉にも喜ぶ気配を見せない。第一班班長のルイスが疲労を滲《にじ》ませた顔を上げて、大きなため息をついた。

「副団長、我々は五人で貴方はお一人なんですよ。未《いま》だにここまで力の差があるなんて、情けないです」

「魔法は積み重ね。体力と同じで、いきなり上達したりはしない。わかってるでしょう」

ネージュにも彼らのような時期があった。十六で入団して先輩達に稽古をつけてもらっては、こてんぱんにのされていた頃が。

そして任務と鍛錬を重ねた結果、第三騎士団副団長にまで上り詰めたのである。

「貴方達は毎日きちんと向上している。それだけで、私にはどれだけ努力しているかがわかるよ」

「これからも共に励もう。私も鍛錬を怠るつもりはないから、いつでも声をかけて」

片膝をついて騎士達の目を一人一人見渡すと、彼らは一様にはっきりと頷《うなず》いた。

「はい、副団長！　今後ともご指導よろしくお願い致します！」

年若い騎士達は輝かしい希望を胸に抱いていて、平民出身で女のネージュに対しても素直だ。本当に可愛い部下達なのである。

そんな彼らもまた、ルートによっては全滅の憂き目に遭う。より一層この運命に立ち向かう決意を固めたネージュは、力強い足取りで訓練場を後にした。

すると出入り口で見知った顔と出会うことになって、直立不動の姿勢を取る。

「バルティア団長！」

踵を鳴らして敬礼したネージュに対して、第一騎士団団長ライオネル・ド・バルティアは同じ姿勢を返して見せた。

「レニエ副団長、精が出るな」

「は、鍛錬は私の最も重んずるところにございますれば」

このライオネルという人物は、黒髪と柳緑色の瞳が印象的な二十八歳クール系イケメンだ。公爵家出身で王族との縁続きでもある彼は、それはもう最高にモテるのだが、生真面目かつストイックな性格のおかげで女には興味がないらしい。

彼がメイン攻略対象であることは昨日判《わか》ったばかりで、ネージュはついまじまじとその美貌を見つめてしまう。

ライオネルのルートは、メイン攻略対象だけあって王道の熱い展開だった。ヒロインと共に戦って果てるという悲しいラストだが、最後まで一緒に居たのだからまだ救いはある方だ。

シェリーは第一騎士団の副団長を務めている。直接の上司部下の関係というわけで、おそらく異性の中ではライオネルとの接点が最も多い。つまり彼のルートに入る可能性が一番大きいのではないだろうか。

「良い心がけだ。我が第一騎士団も見習わねばな」

ライオネルはニコリともせずに褒め言葉を口にした。ゲームでの彼はヒロインの前で徐々に笑顔を見せるようになってゆき、そのクーデレぶりが多くの乙女心を摑《つか》んでいたものだ。

「それでは、私はこれで失礼する。今後とも精励せよ」

「は！」

颯爽《さっそう》と去っていく後ろ姿は、背筋の伸びた美しいものだった。

あんなに好きだったゲームの攻略対象が目の前にいたのに、恋と呼ぶべき感情は微塵《みじん》も感じない。これはやはりヒロインの親友として転生したことで、補正がかかっているためなのだろうか。

それともネージュとしての人生の中で、尊敬すべき上官だと認識していたからだろうか。

わからない。何もわからないけれど、助けたいという燃えるような意思だけは確かだ。

ネージュはまた前を向いて歩き出す。今日は物語のプロローグに相当する女王陛下の誕生会が催されるため、そろそろ準備を始めなければならない。

「女王陛下の祝福」は、女王の成人を祝う誕生会で幕を開ける。

華やかな会場の片隅に姿勢を正したまま佇むネージュは、女性の招待客とは違って騎士の式典用礼服を身に纏っていた。白い衣装は金のモールで彩られていて、地味な女には似合わないのが辛《つら》い所だ。

シェリーはちょうど反対側の壁で同じように警備に徹している。冒頭では一人の攻略キャラが彼女に話しかけにくるはずなのだが、まだ現れていないようだ。

「よ、ネージュ！　交代に来たぜ！」

今思い描いていた人物が目の前にやってきたので、ネージュはがっくりと肩を落とした。

彼は名をフレッド・イーネルという。派手な金髪と榛《はしばみいろ》色の瞳がチャラチャラした印象を与える彼は、実際に女好きの伊達《だて》男《おとこ》として有名だ。

「フレッドはシェリーと交代でしょ。勤務表くらい覚えておいたら」

「え、そうだっけ。そんな怖い顔するなよ、せっかくの可愛い顔が台無しだぜ？」

ちょっと頭が悪い上に、誰にでもお世辞を振りまくところもご愛嬌《あいきょう》。第二騎士団副団長を務める彼は騎士団内でも随一の実力者として通っている。ネージュとフレッドは同期かつ同い年にして、更には平民出身という共通点を持つために、気安い友人の間柄だ。

「せっかくシェリーと話せるチャンスだってのに、なんでこっちに来るかな」

そして実のところ、フレッドはシェリーに想《おも》いを寄せているのである。

誰が見てもバレバレなのだが、当の女騎士だけは気付かない。近頃は他の女性には手を出さないという涙ぐましい努力をしているにもかかわらず、シェリーはむしろフレッドを苦手としているのだ。

「しまったな。どうも俺は記憶力が悪いんだよな」

「不真面目な男は嫌われるよ。時間には間に合うから早く行ったら？」

フレッドは赤くなった顔に明るい笑みを浮かべた。ゲーム内でも全く同じ状況だったなと思い出して、ネージュは少し笑ってしまう。彼は伊達男のくせに本命の前ではヘタレてしまうというギャップの持ち主なのだ。

「ああ、行ってくる！　応援していてくれるだろ、ネージュ？」

「はいはい、見守っててあげるから。頑張ってね」

ネージュが手で追い払う動作をすると、フレッドは緊張を滲ませた笑みを残して去っていった。

流石攻略キャラ、顔だけはバッチリ整っている。

そんな彼も自身のルートでは女王陛下を最後まで守り通して力尽きる。しかもシェリーは先に死んでいて、彼女の遺《のこ》した意志を果たすためという切なくも美しい最期だった。

それにしても、とネージュは思う。フレッドがシェリーに話しかけるまでにこんな舞台裏があったとは。

しかし考えてみればそれも当たり前で、ゲーム内でシェリーが見ている範囲など彼女の視点でしかないのだから、ゲーム中に全ての人のあらゆる行動が描かれているはずもない。

シェリーが胡乱《うろん》な眼差《まなざ》しでフレッドを見つめている。そんな目で見られても、恋する男は嬉しそうに頬を赤くしているのだから可愛いものだ。

この取りつく島もない感じ、良い。美少女とわんこ、良い。

ネージュは自身の不安も忘れてついほくそ笑んでしまった。しかしすぐにやるべきことを思い出し、勢いよく頭を振る。

駄目だ、しっかりしないと。確かに大好きな彼らの恋路を眺められるだなんて美味《おい》し過ぎるポジションだけれど、それも命あってのことなのだから。

いま気にすべきはこの誕生会を無事に乗り切ることで、野次馬根性を迸《ほとばし》らせている場合ではない。ネージュはもう一度直立不動の姿勢を取って、注意深い視線を場内に送った。

この誕生会はマクシミリアン・ブラッドリー公爵の宣戦布告の舞台となる。

マクシミリアンは女王の叔父であり、現在の王位継承権第一位たるお人だ。とある理由から女王を廃そうとしており、以降は彼が従える黒豹《くろひょう》騎士団と血で血を洗う激闘を繰り広げていくこととなる。

対する女王陣営が擁するのは、四つの騎士団で構成された王立騎士団である。団長と副団長が各騎士団に一人ずつ存在し、その全ての上に立つのが騎士団長カーティス。ネージュにとって重要なのは、話の先を知っているという唯一の利点を活《い》かし、皆の死亡フラグを片っ端からへし折るということ。

ネージュは厳しい視線を会場内に注いだ。いつしか招待客が出揃《でそろ》い、頃合いを見計らってのファンファーレが鳴り響く。その途端に会場は静まり返り、その場の全員が礼を取って顔を俯《うつむ》けた。

「ファランディーヌ・エミリア・グレイル女王陛下の、お成ーりー！」

侍従が高らかに宣言すると、扉の開く音に次いで衣擦《きぬず》れの音が聞こえてきて、ネージュは顔を上げたい気持ちをぐっと堪えなければならなかった。

「面を上げよ」

それは可憐《かれん》なようでいて辺りに響き渡る声だった。為政者として人を従わせる事への覚悟を滲ませたそれに、ネージュはゆっくりと顔を上げる。

そこにはまた一段と美しく成長した女王陛下がいた。

今日で御年十三歳。この国においては成人となる記念すべき日だ。ライトブルーのドレスを身に纏い玉座に堂々と腰掛けた様は、思わずこうべを垂れたくなるような気品に満ちている。

玉座の前には赤いカーペットの敷かれた階段があり、途中にはカーティスと四人の団長たちが、式典用の白い騎士服を纏って並び立っていた。

ああ、知ってる。この光景。

その様はゲームのイベントそのもので、ネージュはつい瞳に涙を滲ませてしまった。

今更のようだが、ここがゲームの世界であることを実感したのだ。今まで彼らと志を同じくしていたことが嬉しかったし、同時に悲しかった。一歩間違えれば本当にこの人たちが死んでしまうというのか。

「今日は私の誕生日を祝うため、このように皆が集まってくれたことを嬉しく思います。そなたらにとってこのひと時が楽しいものとなることを」

ファランディーヌは藤色の瞳を細めて微笑んだ。同時にティアラで飾られた金髪が艶《あで》やかな光を反射し、その美しさに会場から溜息《ためいき》が上がる。

隣に立つ宰相から、ファランディーヌへグラスが手渡された。彼女はそれを優雅に掲げると、堂々とした音頭を取る。

「それでは、乾杯！」

会場中からグラスの音が鳴り響き、いよいよ誕生会は始まりと相成った。

ネージュは乱暴に目元を拭った。呆《ほう》けている場合ではない、この後に起こる惨劇を必ず止めなければ。

ゲームにおいてネージュ・レニエはこのプロローグに登場しない。それが玉座から離れた位置での警備に当たっていたからだとは、プレイ中には考えもしなかった。

持ち場を放り出して歩き出す。この後すぐにシェリーが女王にお祝いを述べに行くのだが、その直前に事件が起こるのだ。

見れば女王へお祝いを述べるために並ぶ貴族たちの先頭に、一人の男が控えている。

マクシミリアン・ブラッドリー公爵。シェリーの実の父であり、銀髪と血のような赤い瞳を持った美丈夫《びじょうぶ》だ。

友人であるカーティスはもちろん微塵も警戒していない。ライオネルも、他の団長たちもそれは同じ。それなのに、後ろに回したマクシミリアンの手に魔力がまとわりついている。

ネージュは列に並ぶシェリーには目もくれず、全力疾走で階段を駆け上がった。呆気《あっけ》にとられた

人々の中、ネージュは宰相クレメイン侯爵だけがマクシミリアンの暴挙に気付いたことを悟る。

二十代半ばと歳若《としわか》い彼は年齢にそぐわぬ辣腕ぶりで有名だ。しかしこのプロローグにおいて、女王をかばって命を落とす。

そんなことさせるものか。ネージュは強い意志に突き動かされるまま剣を抜きはなった。

「土籠りの盾！」

ネージュが築いた防御魔法陣と、マクシミリアンが放った紅《あか》い炎の魔法が衝突し、凄《すさ》まじい衝撃波を生み出した。

轟音《ごうおん》が玉座一帯を揺らし、階下からは貴族たちの悲鳴が上がる。誰かが名を呼ぶのが聞こえたが確認する余裕はない。

一撃で片がつくと予見しての攻撃だったのか、その威力はある程度抑えられたものだったが、ネージュの魔力は既に底をつきかけている。これでもう一撃加えられたりしたら。

しかし緊迫の時間は長くは続かなかった。崩れ始めた魔法陣の向こうに紅い炎を搦《から》め取《と》る青い炎が発したのは、存外すぐのことだった。

この青い炎には覚えがある。騎士を目指すきっかけとなった、この見事な炎の持ち主は。

ネージュは気が抜けてしまい、魔力の放出をやめて膝をつく。一瞬で消《き》え失《う》せた防御魔法陣の向こうには、今この瞬間に敵同士となった男たちが相対していた。

カーティスは青い炎をまとわりつかせた剣を構えており、マクシミリアンもまた魔力のほとばしる掌《てのひら》を友人へと向けている。彼らは階段を挟んで睨《にら》みあったまま一歩も動かない。どちらが魔力を放っても、お互いただでは済まないことをよく理解しているのだろう。

先に動いたのはマクシミリアンだった。

彼は掌を下ろすと階段の下から女王を睨みあげた。少女に向けるにはあまりにも憎悪に満ちた視線に、ネージュは思わず息を詰める。

「……残念だ。今日この場で息の根を止めて差し上げた方が、地獄を見ずに済んだというのに」

ゲームで周回するたびに聞いた台詞《せりふ》だ。実際に同じ空間で聞くと、そこに宿る仄暗《ほのぐら》い怨嗟《えんさ》に背筋が凍る。

「残念とはこちらの台詞です。叔父上」

ファランディーヌはいつしか玉座から立ち上がっていて、静かな声をマクシミリアンに投げかける。その側では宰相が鋭い視線を反逆者に向けており、それは階下の騎士たちも同じだった。

「我が騎士たちよ、反逆者を捕らえなさい」

朗々とした勅命と同時、騎士団幹部たちが一斉に動いた。

ネージュはもう足腰も立たないほどだったし、何よりこの大事件の顛末《てんまつ》を知っていたため、遣《や》る瀬無《せな》い思いでその光景を見つめていた。シェリーを含む六人から放たれた魔力の奔流は、マクシミリアンのいる場所でぶつかり合い、またしても多大なる衝撃波を生む。

しかし手応えは感じられなかったのだろう、彼らは一様に厳しい視線を虚空に向ける。魔力の残《ざん》滓《し》が消え去ったそこにマクシミリアンの姿はなく、焼け焦げた絨毯《じゅうたん》が取り逃がしてしまったことを伝えていたのだった。

第二章　死亡フラグは序盤からやってくる

ネージュはひとまず医務室へと運び込まれることになり、その後の騒乱を目にすることはなかった。明日いっぱいの療養を言い渡されて医務室の硬いベッドに寝かしつけられたものの、今や元気な体を持て余している。

どうやら腕に小さな裂傷があるのと、膨大な魔力を受け止めたがために時間をおいて体に痛みが出る可能性があるらしい。丈夫さだけが取り柄だから心配など必要ないというのに。

何もすることがなく今後について考えを巡らせていると、不意に軽快なノックの音が鳴り響いた。

「やあ、レニエ副団長。お加減は如何《いかが》ですか？」

「フランシア団長！　ご心配、痛み入ります！」

ネージュは上体を起こし、手だけで敬礼の姿勢を取る。

エスター・フランシアはいつものように桜色の髪を首の後ろで結び、エメラルドの瞳を笑みの形に細めていた。騎士服の上から白衣を羽織っているのは、彼の仕事が騎士団の中でも特殊なものである事の証だ。

攻略対象の一人であるエスターは、衛生魔法使いを多数擁する第四騎士団の団長。女性と見まごう程の中性的な美貌の持ち主であり、その性格もまた天使のように優しい、とされている。

「今回は大変な活躍でしたね。君のおかげで陛下には傷一つ付きませんでした」

「は。お褒めに与《あずか》り光栄です、フランシア団長」

やっぱりこの人がきたかと、ネージュは内心冷や汗を流した。

昨日判明したところによれば、エスターは実のところ騎士団でも特殊な仕事を請け負っており、冷酷な性格の上に天使の仮面を被《かぶ》った恐ろしい人物なのだ。

その仕事内容は諜報《ちょうほう》、暗殺、工作など。王室の暗部を一手に引き受ける彼の正体を知る者は、女王陛下を除けばカーティスと各騎士団長、そして自身の限られた部下のみである。

つくづくとんでもない情報ばかりを知ってしまったものだ。そして今、エスターはネージュを怪しんでここへとやってきている。

ネージュは遠方の持ち場を離れて女王を守った。まともな思考を持った者なら、なぜそんなことが可能だったのかと訝《いぶか》しんで当然だ。

事件が起こることを知っていたネージュだが、事前に止める方法は見つからなかった。事を起こす前の公爵閣下をしょっぴくのは不可能で、あの方法でしか守ることができなかったのだ。

「レニエ副団長。此度《こたび》のことは、王室の権威を揺るがす一大事です。一刻も早く反逆者を捕らえねばなりません」

「ええ、その通りかと」

「君は今回の功労者です。ブラッドリー公の企《たくら》みに気付くまでの経緯を教えてくださいますか？」

エスターは美しい笑みを浮かべていたが、その裏に潜むものを知ってしまったネージュは気が気ではない。事前に考えておいた言い訳を、努めて冷静に連ねていくことにする。

「は。実は、本日の夜会でブラッドリー公をお見かけした時から、ご様子がおかしいと感じておりました」

これは真っ赤な嘘《うそ》である。マクシミリアンを発見したのは、彼がお祝いの列に並んでいた時が初めてだ。

「ですので、何とは無しに注意していたのです。まさかあの様なことをなさるとは思いませんでしたが、もしかするとご気分でもお悪いのかと思いまして」

「ふむ、そうでしたか」

「はい。階段を上り始めた公爵閣下が後ろ手に魔力を発動させていたので、止《や》むを得ず飛び出しました」

エスターは思案するように腕を組んだ。彼が何を考えているのか想像がつかず、ネージュは胸中に焦りを募らせる。

「なるほど。君の慧眼《けいがん》ぶりが奏功したようですね」

やがてエスターは笑みを浮かべてくれた。ネージュはその穏やかさにそっと胸をなでおろし、首を横に振る。

「偶々《たまたま》でしかありません。お役に立つことができたなら、願っても無いことでございます」

「君は謙虚ですね。ああそうだ、手を出して下さい」

なぜそんな事を促されるのか理解できないまま、ネージュはおずおずと右手を差し出した。するとエスターが一回り大きくもしなやかな手をかざしてきて、流麗な声で呪文を唱え始める。

「脈々と受け継がれし営みよ、万物の力をここに集わさん」

エスターの掌《てのひら》が桜色の光を湛《たた》え、重ねた右手にほのかな熱が宿る。それが全身をゆっくりと駆け巡ったかと思ったら、次の瞬間には包帯を巻いた腕から痛みが引いていくのがわかった。

長い包帯を巻き取って見ると、そこにあったはずの切り傷は綺麗《きれい》さっぱりなくなっている。見事なまでの治癒魔法に、ネージュは両目を瞬《また》かせた。

「ありがとうございます、フランシア団長」

彼は右に出るものはいないほどの治癒魔法の使い手だ。それと同時に薬学に精通しており、裏の仕事ではあらゆる薬を使って捕虜から情報を聞き出していた。そのシーンはちょっとトラウマだ。

「ふふ、これくらいお安い御用です。これで後遺症は出てこないと思いますが、まだゆっくりしていてくださいね」

天使の笑みを残してエスターが立ち去ってからしばらくして、ネージュは詰めていた息をようやく吐き出した。

第四騎士団団長の忠誠心は本物なのだが、とかく敵には容赦がないのだ。そんな彼の最期は、真相を全て暴くものの、敵陣で囮《おとり》になって死ぬというものだった。

これからはこの世界の理《ことわり》から外れた行動ばかりをするのだから、エスターには目をつけられないように気をつけなければならない。

気を引き締めたところで、ネージュは自主退院をすることに決めた。エスターには安静にしているよう言われたものの、これだけ元気になったのだから構わないだろう。

医師に対する書き置きを残し、礼服の白いジャケットを手にとって医務室を出る。すると、ちょうどここを訪れようとしていた人物と行き合うことになった。

「ガルシア団長！」

第三騎士団団長バルトロメイ・ガルシアは、ネージュの直属の上官である。

全騎士の中でも最年長の六十歳の彼は、未《いま》だ衰え知らずの実力を持ち、若かりし頃の戦で名を馳《は》せた英雄中の英雄だ。

ゲーム内での活躍もそれは凄《すご》かった。もし人気投票を行えば攻略対象を食ったのではないかと思うくらい格好良くて、大好きなキャラの一人だった。

今のネージュにとっては尊敬してやまない相手でありながら、いつでも優しいお爺《じい》ちゃん的存在でもある。

「ネージュ、もういいのか」

バルトロメイは鉛色の瞳を心配そうに細めていた。どうやら気にかけてくれたのだと知って、ネージュは明るい笑みを浮かべて敬礼して見せる。

「はい、もう大丈夫です。ご心配をお掛けして申し訳ありません、団長」

「そうか。まだ辛《つら》いようなら結構と仰《おっしゃ》られたが……」

何事か独りごちたバルトロメイは、思案げに白いあごひげを撫《な》でている。ネージュがどうしたのかと問うと、彼は姿勢を正して仕事の時の顔になった。

「女王陛下がお前をお召しだ。その礼服をしっかり着込んで付いて来なさい」

ネージュは笑顔を浮かべたまま固まった。今、何と？

女王陛下の指定した会議室は、王宮の中でも最も厳重に守られた中心部に位置している。その重厚な扉の前に立ってみれば、せめてバルトロメイが一緒だったことに感謝せずにはいられなかった。

ネージュは元平民ということもあって、あまりファランディーヌ女王とは面識がない。この先の展開には予想がついていても、緊張だけは誤魔化しきれるものではない。

バルトロメイが心配そうにこちらを見ているのを感じる。しかし何も言えないまま、ネージュは衛兵が扉を押し開くのを待った。

「第三騎士団団長バルトロメイ・ガルシア、参りました」

「第三騎士団副団長ネージュ・レニエ、参りました」

一歩前に進んだ二人は、跪《ひざまず》いて最敬礼の姿勢を取った。許しを告げる涼やかな声がして、ネージュは恐る恐る視線を上げる。

そこには錚々《そうそう》たる顔ぶれが並んでいた。

長い机の一番向こうに座しているのはファランディーヌで、角を挟んだすぐ隣に宰相クレメイン、その反対側に騎士団長カーティス。そして続く席を埋めるのは、各騎士団の団長と副団長だ。

物凄く見覚えのある光景だった。ゲームの第一章の幕開けにおいて、今後の対策について話す会議の場。確かにその場にはネージュもいたのだが、こんな重役出勤ではもちろんなかったはずだ。

あまりのことに冷や汗がにじむ。しかし臣下の緊張を知ってか知らずか、ファランディーヌは泰然としたものだった。

「ネージュ、先程はよく私を守って下さいましたね。礼を言います」

「は……はっ！　身に余る光栄にございます、陛下！」

ネージュは再びこうべを垂れた。

緊張でどうにかなりそうだ。ファランディーヌに直接言葉をかけられるのは、半年前に副団長職を拝命した時以来になる。

「最小限の被害で済んだのは貴方《あなた》のお陰です。身体《からだ》は大丈夫ですか」

「勿体無《もったいな》いお言葉。いつもより元気なほどでございます」

「そうですか、それなら良かった。今後も働きを期待していますよ」

ファランディーヌは女神のような笑みを見せてくれた。十三という年齢にそぐわぬ落ち着きぶりで、為政者たる存在感を放っている。

年下の少女相手に緊張するなんて情けないと思われるかもしれないが、ファランディーヌだけは別格だ。

立ち居振る舞い、美貌、能力、そして平安たる治世。どれをとっても非の打ち所がなく、主君として戴《いただ》くに相応《ふさわ》しい存在。それがこの女王陛下なのである。

「は！　精一杯務めさせていただきます！」

ネージュは何とかそれだけを述べると、許しを待って席に着いた。向かいにバルトロメイが腰掛けたところで、宰相クレメインが声を上げる。

「それでは、これより御前会議を開催いたします。一同、女王陛下に礼」

騎士達《たち》が一斉に立ち上がって胸に手を当てる。今は甲冑《かっちゅう》を着ていない彼らでも、統制のとれた動作は室内に鋭い音を生み、ますます空気を張り詰めさせる一助になった。

全員が再び座ったのを合図として、ついに御前会議は幕を開けた。

司会を務めるのはクレメインで、一同を見渡す眼差《まなざ》しは先程命を投げ打ったとは思えないほど冷静だ。

「皆様ご承知頂いているかと存じますが、本日の議題はブラッドリー公爵の謀反《むほん》についてです。アドラス騎士団長、現状についての報告をお願い致します」

「はい。結論から申し上げますと、ブラッドリー公は陛下の暗殺に失敗の末逃亡。そしてつい先程、領地に帰還した公爵より宣戦布告が届きました。曰《いわ》く、あらゆる手を使って玉座を奪う、とのこと」

指名を受けたカーティスは特に資料を見ることもなく、堂々と経過を諳《そら》んじてみせる。友人が謀反人となった彼の心境は如何《いか》ばかりだろうか。

「被害状況は負傷者一名でしたが、その負傷者たるレニエ副団長はこの通り。大広間は閉鎖の上、団員に片付けに当たらせております」

「承知しました。ありがとうございます、アドラス騎士団長」

クレメインが理解の意を告げると、女王を除く全員が難しい顔をして黙りこくった。

彼等《かれら》にとっては想像だにしない難局なのだ。ブラッドリー公爵の黒豹《くろひょう》騎士団は王立騎士団に次ぐ戦力を有していると言われており、更にはマクシミリアン自身が超一流の魔法使いである。つまりマクシミリアンを加えた場合の戦力は、恐らく王立騎士団と同程度と言えるだろう。そんな彼らが謀反人になったということは、この国を二分する事態だと言っても過言ではない。

皆《みんな》が言葉を失う中、最年長のバルトロメイが思案げに口を開いた。

「動機は如何なるものでしょうか。和解案はございますかな」

そう、ブラッドリー公爵の謀反の動機。今のところネージュ以外はごく限られた者しか知らないであろう、その理由は何か。

臣下からの問いかけを受けて、ファランディーヌが静かに語り始める。

「ブラッドリー公は以前から玉座を狙っていた、それだけのことです。直系であれば即位に性別も年齢も関係ない……それが許せなかったのでしょう。叔父上は優秀ゆえに。和解の道があるとするならば、私が玉座を譲ることに他なりません」

「陛下、そのような！」

宰相が一瞬にして顔を青ざめさせる。進退に言及した女王によって一同に緊張が走るが、ネージュはもちろん冷静だった。

謀反の動機はそんな生易しいものではない。マクシミリアンの心中にあるのは復讐《ふくしゅう》、ただそれ一つなのだ。

マクシミリアンの妻ハリエット、要はシェリーの母親は、十八年前に病気で亡くなったとされている。しかしそれは表向きの死因で、実のところは先々代の国王ナサニエルに手籠めにされた上での自死なのだ。

本当に胸糞《むなくそ》の悪い話で、ゲームプレイ時は不快な気分になったのを覚えている。要するにマクシミリアンは異母兄に妻を犯された挙げ句に失った。復讐を誓った彼は娘に何かあってはいけないと、生まれたばかりのシェリーを病で亡くしたことにして、友たるカーティスの養子としたのだ。長きに亘る計画の果て、マクシミリアンは秘密裏に復讐を遂げた。ナサニエルには子がいなかったため、二番目の兄アレクシオスが国王に即位した。

しかし全てが終わったと安堵《あんど》していたマクシミリアンは、ある日知ってしまうのだ。復讐の発端から全ては、アレクシオスこそが自身を直系とするために企てた計略だったのだと。

王家の兄弟は全員が異母兄弟だったが、マクシミリアンとアレクシオスは仲が良く、だからこそ絶望は深かった。

彼はまた兄を殺した。シェリーを娘として育てるには、その時点で罪を重ねすぎていた。

そして即位したのがアレクシオスの一人娘たる、現女王ファランディーヌだったのだ。

「もちろん、私は自身の使命を放棄するつもりはありません」

女王はそれを知らない。疎遠だった叔父が、ついに権力の亡霊と化したのだと思っている。

この中で唯《ただ》二人、本当の動機を知っているのは。

「陛下。貴方様が使命を抱くのなら、貴方様をお守りすることこそが我々の使命です」

カーティスが強い決意を込めた瞳で言う。

そう、彼は勘付いている。兄二人を手に掛けて復讐を遂げたはずの友が、ようやく成人を迎えた姪《めい》を標的に据えたこと。前国王の野望を完全に潰《つい》えさせることこそが、復讐の大目標とされたことに。

うん、本当、何その重い話……。

ネージュは一人考え込んでいた。こんな場でなければ机に突っ伏したいくらいの状況だ。改めて現実を直視すると、海よりも深い因縁に尻込みしてしまう。

「お命じ下さい、陛下。我らの総力を以《もっ》て、必ずや成し遂げてご覧に入れましょう」

騎士の空色の瞳に射貫《いぬ》かれて、女王陛下は瞼《まぶた》を閉じる。そして再び開けた時には彼女の藤色の瞳が燃えていたのを、ネージュは確かに感じ取った。

「ブラッドリー公を止めなさい。そして我が民を守るのです」

全員が鋭い声を上げ、座したまま略礼をとる。確かな信頼関係で結ばれた主従の絆《きずな》は目に見えるようで、ネージュはとても頼もしく思った。

頑張らなければ。未来を信じる彼らに、全てが終わった瞬間を見せてあげたい。それは騎士団の一員としての、裏表のない願いなのだから。

「では、先鋒《せんぽう》は我が第二騎士団に務めさせて頂きたい！　必ずや謀反人を縛り上げてやりましょうぞ！」

誰よりも通る声で申し出たのは、第二騎士団団長ハンネス・オルコットだった。

固そうな赤茶の髪を後ろに撫で付け、モスグリーンの瞳を意欲的に煌《きら》めかせた男。筋骨隆々の体からやる気を漲《みなぎ》らせ、強面《こわもて》の顔には憤りを浮かべている。

血気盛んな彼が率いる第二騎士団は、自然と血の気の多い者が所属するようになり、今や切り込み隊長的立ち位置を獲得している。副団長のフレッドもハンネスとは気が合うようで、今も覚悟を表情に乗せて黙していた。

ハンネスは侯爵位を持つ貴族であり、二人の子供と素敵な奥方を大事にしているマイホームパパだ。

ゲーム中では何と真っ先に死ぬ。この後起こる最初の戦にて、フラグを立てまくった上で綺麗に死ぬ。彼の死は全プレイヤーにこのゲームの方向性を印象付け、絶望のどん底へと叩《たた》き落《お》としたものだ。

カーティスは勢い付いた部下に視線を移して困ったように笑った。彼らは同期の間柄だ。ハンネスもまたマクシミリアンと友人同士であり、謀反の真相を知る一人でもある。

「オルコット団長、落ち着きなさい。なんで早くも総力戦の構えなのかな」

「ここまでのことをしでかした友の始末はこの俺がつける！　どんな作戦であれ、先陣を切るのは俺の仕事だ！」

「残念ながら、攻撃を仕掛けるのはまだ先だ。今一番に考えるべきは、敵戦力の把握だよ」

ネージュは俄《にわか》に緊張した。ヘビーユーザーたる記憶が語るところによれば、この後はブラッドリー領への偵察任務に誰が行くかという話になる。

そこで立候補するのが、何を隠そう我らがヒロイン、シェリーなのだ。

そしてこの任務、ちょっとした選択ミスで即死亡という、序盤にしては恐ろしい難易度を誇っている。つまり誰も死なせないためにネージュが取るべき行動はただ一つ。

「アドラス騎士団長のおっしゃる通り、まずはブラッドリー領への偵察を行います。非常に危険な任務ですので、適任者がいれば推薦をお願い致します」

「宰相閣下、その任はぜひ私に！」

ネージュは気迫を込めて右腕をまっすぐ上げた。

一同の視線が瞬時に集まって、心臓が嫌な音を立てたのを遠く感じる。死地へと一歩踏み出したという事実に、全身が冷えていくような心地がした。

でもこれしかない。皆の死という運命を回避するには、これしかないのだ。

シェリーの翡翠《ひすい》の瞳がこちらを射貫く。その顔には動揺が滲《にじ》んでいて、ネージュの心中に罪悪感を募らせた。

心配かけてごめん、シェリー。そして攻略対象のみなさん、ヒロインと親睦を深める機会を奪って本当にごめんなさい。でもこれしかないの。大丈夫、生きていれば恋なんていくらでもできる！

そう、この偵察任務はシェリーと攻略対象の初デート……にしては殺伐としているが、れっきとした恋愛イベントでもある。最も好感度の高いキャラが一緒に来てくれて、胸キュンなシチュエーションが目白押しだったのに。

ネージュは感情を押し殺して会議室内を見渡し、最後にクレメインにぴたりと視線を据えた。さあ、立候補は済んだが、ここからどうなるか。

「レニエ副団長、貴方は病み上がりです。それに、副団長程の実力者が赴く任務ではありませんが……」

クレメインは瞳を戸惑いに揺らしていた。その反応は想定内だったので、ネージュは畳み掛けるように身を乗り出す。

「だからこそです。ブラッドリー公爵の異変に気付きながら此度《こたび》の騒動を防ぐことができなかった失態は、自身の献身を以て返上したく存じます」

出来る限り堂々として見えるように言い切ったものの、全員を納得させるには至らなかったらしい。特に難色を示したのが、治癒魔法使いたる第四騎士団の二人だった。

「レニエ副団長、貴方はまだ寝ていた方がいいくらいなのですよ」

エスターが心配そうに眉を下げる。対面に腰掛けた副団長ヤン・レンフォールドも、神経質な性格をよく表した鼠色《ねずみいろ》の瞳をすがめて見せた。

「理解に苦しむ。体調のせいで失敗をしても言い訳にはなりませんが」

ヤンも物言いはきついのだが、実は真心ある好人物なのだ。エスターとは違い本当に心配して言ってくれているのだろう。

「よしなよ、レニエ副団長。下のもんにまかせりゃいい」

「その通りだ。副団長たるものが、そう簡単に持ち場を離れるな」

フレッドも呆《あき》れ顔《がお》をしているし、ライオネルに至っては眉間に皺《しわ》を寄せて不愉快そうだ。

これは本来シェリーが受けるはずの糾弾。まったく、こんなことを好んでやる気が知れない。本当に彼女は正義感に溢《あふ》れていて、ちょっと無鉄砲だ。

「偵察任務なら新人の折に経験しました。体調は一切問題ありません。お役に立ちたいのです。どうか、私にその任務をお任せ下さい！」

ネージュは猛然と頭を下げた。友のために。彼らを失いたくないと思う自身のために。

ここまで言ったのだから、皆もそうは反対などできはしないはず。なるべく一人で行きたいな。

次々と危険を回避してたら変に思われるかもしれないし。

ネージュはそんなことを呑気《のんき》に考えていたので、見事に反応が遅れてしまった。

「そうか、ここまで覚悟が決まっているなら異論はない」

穏やかに話し出した低音はカーティスのもので、ネージュはそっと顔を上げた。

「私も行くことにするよ。いいかい、レニエ副団長」

端整な顔が有無を言わさぬ笑みを浮かべている。あまりにも予想外の展開に、ネージュは呆《ほう》けた顔を晒《さら》すしかなかった。


とんでもないことになってしまった。

ネージュは額を押さえつつ廊下を歩いていた。会議が夜通し行われたこともそうだが、まさかの事態に目眩《めまい》がおさまらない。

カーティスによれば、ブラッドリー公爵の居城は幼い頃に遊びまわったため、裏道も含めて知悉《ちしつ》しているらしい。

それならハンネスでも可能なのだが、彼は奥方が身籠っているため却下となった。あと性格的に隠密《おんみつ》行動に向いていない。うん、これは正しい決定だ。

だがしかし。王立騎士団を統括するカーティス・ダレン・アドラス程の者が、偵察任務とは流石《さすが》におかしくないだろうか。

ああ、一日目にしてこんなに本来のシナリオから逸脱してしまうとは。せめてシェリーと一緒に行けたら、もう少し話が逸《そ》れずに済んだはずだったのに。

「はあ……」

「ネージュったら、大きなため息ね。自分で名乗り出たのに」

シェリーが呆れ顔で隣を歩いている。白の騎士服に身を包んだ彼女は、徹夜などものともしない美しさだ。

「だって、まさかアドラス騎士団長閣下と一緒にだなんて」

「騎士団長閣下の事、尊敬してるって言ってたじゃない」

「だからこそだよ。あまりにも偉大な存在すぎて尻込みしちゃうというか」

カーティスは全騎士団員憧れの存在であり、幹部ですら畏敬の念を抱く絶対的リーダーだ。とにかく強い。魔力の保有量が半端じゃない。しかもその心根は気高く、誰にでも公平に心を配り、常に努力を怠らないばかりか物腰柔らかで超美形。

完璧だ。そしてその人柄は、血が繋《つな》がらないはずのシェリーにしっかりと受け継がれている。

それにネージュにとっては騎士を目指したきっかけそのものでもある。サブキャラ同士の関係に隠された話があったとは驚きだが、過去だけは揺らぎようがない。

「緊張する……失敗したらどうしよう……」

「ネージュなら大丈夫よ。それに知ってるでしょ、けっこう気さくな人なのよ。この際大いに役に立って貰《もら》えばいいじゃない」

「うう……そんなことできないよ」

ネージュは背を丸めたが、シェリーは面白そうに笑っている。

「私ね、本当は立候補しようとしてたの。ネージュに先を越されちゃったけど」

本当にシナリオ通りなのだと改めて知らされて、ネージュは小さく息をのんだ。

「私達って似た者同士みたいね。同じ志の仲間がいるって、すごく嬉《うれ》しいことだわ」

違うよ、シェリー。私は貴方と似た者同士なんかじゃない。

ネージュはこの先の展開を知っているから、必要な行動を取っているだけのことなのだ。そこに目的はあっても誇りはない。

友の罪悪感など知る由もないシェリーは、朗らかに笑って肩を叩いてくれた。


仮眠を取って夜、ネージュは無機質な小部屋に佇《たたず》んでいた。身に纏《まと》うのは平民然としたワンピースと背中に背負った鞄《かばん》、スカートの中に隠した短刀のみ。

隣に立つのは騎士団長カーティス。彼もまた簡素なシャツにベスト、綿のズボンを身に着けていたが、気品のある佇まいは健在だ。

今からカーティスと共に偵察任務に向かう。現実のものとは思えない事態だが、今更やめるわけにはいかない。

床には膨大な情報を含んだ魔法陣が記されていた。二人がその中央に進み出ると、足下の陣が俄《にわか》に輝き始める。

「さてと、それでは頑張ろうかな。よろしく、レニエ副団長」

「は！　精一杯務めさせて頂きます！」

気楽な笑みを浮かべるカーティスに向かって、ネージュは気合も新たに敬礼した。その瞬間に視界が光の渦へと呑《の》み込《こ》まれていったので、尊敬すべき上官の反応を見ることは叶《かな》わなかった。

酒場の喧騒《けんそう》はどこへ行っても変わらないらしい。日本でも、異世界でも。

ここはブラッドリー城下のビアホールだ。宴会に興じる客たちの中に、重大なる使命を帯びた二人がいる。ネージュは運ばれてきたウインナーを前方へと押しやると、自らもジョッキに手をかけた。

「お疲れ様でした、サム！　まずは販売目標の達成を祝って、乾杯しましょう！」

「ああ。我々の奮闘を記念して、乾杯！」

周囲の賑《にぎ》やかさに負けじと明るい声を張り上げ、ジョッキの縁をぶつけ合う。いくつかの泡が舞って、木の机に細かな染みを作った。

冷えたビールを喉へと流し込むと、移動の疲れが癒《いや》されていくのを感じる。ネージュはジョッキの半分程を飲み干して、目の前に座る人物に視線を向けた。

今はサムという偽名を名乗るカーティスは、物慣れた様子でビールジョッキを傾けている。

この方の目的は、一体何なのだろうか。

いくらブラッドリー領に詳しいからと言って、騎士の頂点たる騎士団長閣下がいの一番に動くなんておかしすぎる。幹部達も最初はこぞって反対していたのだが、それでも彼は言ったのだ。此度の謀反は立場など関係なく全戦力でもって当たるべきなのだと。

これほどの覚悟を見せつけられては団長達ですら反論できない。進言できるのはバルトロメイくらいだが、彼もまた感じ入ってしまったのか、特に何も言わなかった。

カーティスの申し出は正当な理由あってのことと思えるが、切れ者の騎士団長がネージュに疑惑を抱いていない保証はどこにもない。

エスターから特に不審な点はなかったとの報告は受けているだろう。それでも彼の並々ならぬ力を以てすれば、急に無茶な立候補をした副団長を訝《いぶか》しんでもおかしくないのだ。

カーティスはジョッキを卓上に置くと、部下に向かって極上の笑みを浮かべて見せた。

「熱い視線だね、シンシア。追加注文かな」

そう、ネージュもまたシンシアという行商の娘に扮《ふん》している。

サムはその仲間。シンシアの父親が運営するキャラバンから、二人で出張販売に出ているという設定だ。

そうまでして城下に潜入したのは領民の様子を窺《うかが》うため。民を巻き込んでいるのか否かが判《わか》るだけでも、今後の対応が随分と違ってくる。

「そうなの。プレッツェルが食べたいなぁ」

「よし、頼んでやろう。何でも好きなものを食べていいよ」

「わーい！　サム大好き！」

無邪気な女のふりをしてはしゃぐ。敬愛する騎士団長にこんな気安い態度を取るなど、おこがましくて叫び出したいような気分になるが、任務なので仕方がない。

彼は彼で違和感なく平民に扮しているのだから本当に器用な人だ。なんでもそつなくこなしてしまうから、今度の任務に自分は必要だったのかとさえ思えてくる。

カーティスが手を上げてウエイトレスを呼び止めた。ギンガムチェックのワンピースを着た店員は目の前の美丈夫に見惚《みほ》れながらも、籠からプレッツェルを取り出し、紙に包んで手渡してくれる。

追加注文でパン類を頼む時は、周囲に話を聞きたい者がいる時の合図だ。

「ねえサム、今日のお客さんの男性二人組、覚えてる？」

「ああ、覚えてるよ」

「ワインを買っていったでしょ。奥さんへのお土産って言ってたけど、喜んでくれるといいわね」

カーティスの視線がさりげなく周囲を見渡す。斜め横にワインボトルを一本空けた男性二人組を見つけたらしく、彼の口元が弧を描いた。

「そうだね。良《い》い品だったから、きっと気にいるよ。ああ、ビールは足りているかな？　シンシア」

「足りてなーい！　頼んで、サム」

本当に申し訳ありません閣下。この懲罰ものの態度の謝罪は、あとで絶対にしますから。

心の中で平謝りするネージュだが、カーティスは特に気を悪くした様子もなく朗らかな笑顔でビールを追加した。そうして届いたビールは、予想通り最大サイズという大盤振る舞いだった。

「えー、こんなに飲めない！　サム、飲んでよ」

「困ったな、俺はワインを頼んでしまったんだ」

一人称を変えていても、白々しさを感じさせない演技だ。ネージュは彼に比べて自分が棒読みになっていないかひやひやした。

「もー、しょうがないなあ。ねえおじさんたち、これ、多いからあげる！」

ネージュは立ち上がって、斜め横の卓にジョッキを置いた。二人組の男達は驚いた様子だったが、女の登場に機嫌を良くしてくれたようだ。

「なんだよねーちゃん、随分気前がいいねえ」

「そっちの男前と分けて飲みなよ。もったいないぜ」

人の良い笑みを浮かべる男性陣に、今度はカーティスが話しかける。

「俺は二杯目からはワインなんだ。良かったら飲んでくれると助かるよ」

「そうかい？　だったら頂くとするか！」

男の一人がジョッキを手にとって、お互いのグラスに半分ずつ注いだ。それぞれ飲み物を手にした四人が機嫌よく顔を見合わせた段階で、ネージュは明るい声でジョッキを掲げる。

「この素晴らしい夜に……かんぱ～い！」

木とガラスがぶつかり合って鈍い音を立てる。突如として始まった酒宴は違和感を呼び覚ますことはなく、騎士達は二人組の卓に潜り込むことに成功したのだった。

「しっかしよお、なんか王宮の方で政変が起こったらしいよなあ？」

「ああ、我らが領主様が反旗を翻したってあれな」

そうして幾ばくかの時間が過ぎた頃。欲しかった話題を自ら提供してくれた男達に、ネージュは内心口の端を吊《つ》り上《あ》げた。

彼らは地元で勤勉に働く領民なのだが、少々珍しいのはそれぞれが商店の主《あるじ》だということだ。つまりは領民の中でも情報に接するのが早い。この領地で此度の謀反がどう受け取られているのか、話を聞くのには絶好の相手だ。

「それ知ってる。よくわかんないけど、結構な大事件なんだよね？」

ネージュは政治に明るくない女を演じる。男の一人がそうだと頷《うなず》いて、ビールの入ったワイングラスを傾けた。

「驚きだよなあ。女王陛下と領主様は姪と叔父だろ？　身内相手にそこまで冷酷になれるたあ、俺達のイメージとはだいぶ違ってたよな」

「イメージって、どんな？」

「いい領主様だよ。朗らかで気さくで、城下に降りちゃあ俺達の話を聞いてくださる。ブラッドリー領が栄えてるのは、全部領主様のおかげさ」

その話を引き取って、もう一人の男も思案顔をする。

「本当、領民思いの優しい方なんだよ。女王陛下だって賢君と誉れ高いってのに、仲良くできんもんかなあ」

彼らは領主の人柄を疑ってはいないのだ。

その事実はネージュに新鮮な驚きをもたらしていた。ゲームでは酒場への潜入はなく、ただ城に行って帰ってくるというものだったので、領民の話を聞くのは前世でも今世でも初めてだ。

マクシミリアンは復讐に取り憑《つ》かれた悪鬼であり、終盤以外に人間味を見せることはなかった。従って彼がどんな領主だったのか、考えてみたこともなかったのだ。

「そうか、ブラッドリー公は立派な統治者なんだね。こんなに領民に慕われているとは」

カーティスが穏やかな笑みで相槌を打つ。何気ない受け答えのようでいて、領民一般の認識を聞き出す方向へと持って行ったのは流石だ。

「そうさ、皆が領主様には感謝してるんだ。今回の謀反がどうなろうが、死んでほしくはないねえ」

「暮らし向きは良くなったし、今の領主様のままがいいな。うちのもファンだし。知らないだろうけど、あんたに負けず劣らずの美形なんだよ」

「そうなのかい？　それは光栄だね」

カーティスは一切の動揺を示すことはなく、綺麗な笑みでワインを飲み干して見せた。もしかするとこの騎士団長の心臓は鉄で出来ているのかもしれない。

マクシミリアンもどうやら今のところは領民を巻き込むつもりはないらしい。そんな調査結果を得て酒場を後にした頃には、既に夜も更けた頃合いだった。

「さて、次はどこに行こうか、シンシア」

飲み直しは「異常なし、これより城内に潜入する」の合図。ネージュは緊張を表に出すことなく頷いて見せた。

「そうね。ウイスキーが沢山あるところがいいかな」

ウイスキーは「こちらも問題なし、任務の続行を了解」の合図。ふらりと歩き始めたカーティスに従って、ネージュもまた歩を進める。

ここまで監視の目を気にするのは、マクシミリアンの配下が領地をうろついているからだ。

カーティスがいるため可能性は限りなく低いものの、もしお縄になれば確実にデッドエンド。こんな序盤で何も成せずに死ぬことだけは避けたい。

ネージュは内心では目を光らせながらも、表面上は適当な会話を交わしつつ大きな道へとやってきた。

それにしても人通りが多い。城下町とはいえこれほど活気付いているとは、はぐれないように注意しなければ。

「あの店はどうかな。あの路地裏の」

「いいわね、そうしましょう」

カーティスは人にぶつかりながら歩く部下の様子に気付いたようだ。さらりと差し出された手を摑《つか》むとき、ネージュは自身の手が震えないように気をつけなければならなかった。

実のところはずっと平静を装うのが精一杯。任務だとわかっていても、転移魔法の時からドキドキして仕方がなかった。男性とこうして二人で歩いた経験などないし、何よりカーティスは憧れの人なのだから。

極力動揺を外に出さないようにしながら、楽しげな笑みを浮かべて歩く。そうして路地に差し掛かった瞬間、二人は同時に魔法を発動させた。

あらかじめ服の内部に仕込んであった魔法陣によって、全身が暗闇に溶け込んでいく。そうして持ち物も含めて全てが透明になったのを確認したネージュは、カーティスが堪え切れないとばかりに笑いだしたのを目の当たりにすることになった。

「ふ、はは！　君、案外演技が上手《うま》いんだね。驚いたよ」

この「隠しの魔法」を使用すると、姿も声も魔力に封じ込められて外からはわからなくなる。事前の調整によってお互い姿を確認することが可能になるが、できることならこの笑みは見たくなかった。

「も、申し訳ありません！　騎士団長閣下に対してなんたる無礼を……！」

ネージュは上半身を直角に倒した。先ほどまでの演技を思い返すと、消えて無くなりたいような気持ちがする。

「気にすることはないだろうに。むしろ見事な仕事ぶりじゃないか」

「そうは申されましても、やはり騎士としては抵抗があります。閣下に対して、あんな」

「いいからいいから。本当に気にしなくていい、面白かったしね」

面白いって。

ネージュは思わず赤い顔を起こして絶句したが、むしろその顔が笑いを誘発する引き金になったらしく、カーティスはまたしても吹き出してくれたのだった。

水滴の音が鼓膜を刺す。地面を掘って煉瓦《れんが》で固めただけの地下道は湿り気を帯びており、ネージュは先程から身震いするのを我慢し続けていた。侵入者向けの罠《わな》がたっぷりと仕込まれたブラッドリー城の隠し通路は、罠を作動させた時点で城の者に感知されるため綿密な警戒が必要となる。

「レニエ副団長、そんなに緊張していると疲れないかい？」

朗らかに笑うカーティスは、どこから見ても余裕だった。

隠しの魔法は地下道に侵入した時点で解いたものの、わずかな時間で膨大な魔力を消費する代物だ。ネージュは魔力の残存量と疲労感を照らし合わせて、それなりの危機感を抱いているというのに。

何より一つでも失敗したら終わりの状況だ。カーティスならば見つかっても逃げおおせるだけの実力があるとはいえ、どうしてそんなにも自然体でいられるのだろう。

「罠を踏み抜きでもしたら閣下にもご迷惑をおかけすることになります。万に一つの失敗も許されません」

「大丈夫だよ、そうなったら君を連れて逃げるくらいの力はあるつもりだ」

「そんなわけにはいかないのです。しっかりとこの任務を達成しなければ、立候補した意味がありませんから」

そう、この任務の大目標は「ブラッドリー公が戦を仕掛けようと画策していることを突き止める」こと。

この情報を持ち帰ったことにより物語が大きく動くので、絶対に失敗は許されない。気合も新たに顔を上げると、そこにはいつしか二つの道が現れていた。

「記憶によれば右だね。行こうか」

ネージュの記憶とも合致する。確か左に進むと複雑な迷宮に案内され、出られないままバッドエンドとなるのだ。

ここは脱出用の通路のため、他の通路に比べて罠の数が少ない上に危険度も低いのだが、侵入者を阻むための仕掛けは存在する。

どうやらカーティスは本当に覚えているらしい。ネージュは不自然に道の提案をすることを回避できたので、ほっと息をついた。

「今のところ昔と変わっていないな。まだまだ油断はできないけど」

「はい。より気をつけて進みましょう」

隣を歩く横顔に憂いは見当たらなかったが、彼は子供時代を思い出してどんな感傷を得たのだろうか。

友がもう一人の兄をも手に掛け、こうして罪もない女王を恨み破滅への道を進んでいくことなど、想像すらしていなかったに違いない。もし上手くいってマクシミリアンを捕らえたとしても、そこに待つ未来は極刑のみ。その現実を前にして何を思うのだろう。

「聞かないんだね。私が今回の件をどう思っているのか」

核心をつく言葉に、ネージュは思わず息を吞んだ。

恐る恐る隣を見上げると、彼は空色の瞳だけをこちらへと向けていた。

「そんなに気を遣わないでくれ。私は別段、悲しんでいるわけではないんだよ」

「……そうなのですか？」

「ああ。腹は立っているけどね。自分自身に」

淡々と地下道を行く横顔は、柔らかな苦笑を示していた。しかしその言葉は自らを責める響きを宿し、後悔と憤りが滲むようだった。

「さっき聞いただろう。マクシミリアンはね、実際に良い領主で、良き友だったんだ。もっと話を聞いてやれば良かったな。私には、できることがあったはずなのに。……こんなことを言ったら、敵方に情を移したと思うかい」

ネージュはゆっくりと首を横に振る。人として当たり前の情を口にしたことを、どうして責められようか。

「いいえ。……いいえ、閣下」

そんなことを言いながら、彼は最後には迷いなく友に刃《やいば》を突き立てるだろう。ネージュは彼のこれからの闘いぶりを知っている。その裏に多大なる苦悩が潜んでいることも。

そのあとは無言で地下道を進み、遂《つい》には城内に辿《たど》り着《つ》いた。

出口は排気口に偽装されており、隠しの魔法を施してから地下道を出る。

そこはどうやら使用人専用の通路だった。ここからは特にカーティスの道案内が重要となる。

「こっちだ。行こう」

迷いなく歩き出した広い背中を追う。歩き続けてしばらく、眼前に姿を現したのは騎士の訓練場だった。

その空間を満たす熱気に、ネージュは思わず息を呑んだ。

ブラッドリー公爵の私設騎士団は、その名を黒豹騎士団という。王立騎士団を除けば最強とされる彼らは、今まさに着々と戦の準備を始めていた。

慌ただしく行き交う騎士たちにぶつからないよう、二人は壁に張り付くようにしてその光景を見つめる。

剣、槍《やり》、弓、盾。ありとあらゆる武器が集められた様は壮観で、王宮の戦備にすら匹敵するのではないかという程の物量がある。

現実のものとして見てみるとこれ程の迫力とは。今更のようにマクシミリアンの本気を見て取って、ネージュは体が強張《こわば》るのを感じた。しかし張り詰めた空気の中にあって、カーティスは冷静だった。

「レニエ副団長、魔法記録を」

「は……はっ！」

淡々とした声に我に返ったネージュは、懐から魔法記録装置を取り出した。

レンズのような形をした透明なその石は、透かした景色を記録することができる、要はビデオカメラの様なもの。一般人には手を出せないほどの価格を誇るが、騎士団においては偵察時に常用されている。

周囲の全てを映し取るように、魔力を込めた石をじっくりとかざす。そうして上下左右を映し終えたところで、しっかりと黒布で包んで懐に戻した。

元の通路に入ったところで、二人は目配せをして頷き合う。

これで大目標は達成、後は城内に張り巡らされている結界の外まで出れば任務完了だ。魔力も随分磨《す》り減《へ》っているので早く城内から脱出しなければならない。

しかしそれ程簡単に行くはずがなかった。

先程とは別の地下道の出入り口に到達したところで、騎士二人は唐突に足を止めた。隠し通路の入り口たる浴室の前に胡座《あぐら》をかいていたのは、見覚えがあり過ぎる人物だった。

「……ん？　来たなネズミが。しかも、こりゃあかなりの大物だ」

濡《ぬ》れ羽色《ばいろ》の短髪に切れ長の青灰色の瞳を持つ男は、不敵な笑みを浮かべてゆらりと立ち上がった。しなやかな猛獣を思わせる体軀《たいく》に纏うのは黒い騎士服。邪魔な飾りを取り払った粗雑な着こなしは、戦闘狂たる彼に相応しい。

「姿を現しな。そうしたら城の連中には知らせないでいてやるよ」

黒豹騎士団の第四位たるイシドロ・アルカンタルは、サーベルの切っ先をピタリとこちらへと据えて見せた。

まったく知った通りの展開だ。この偵察の最後に彼が立ち塞がるのは、ゲームにおいても必ず発生するイベントだったか。

予測したことであっても、できれば会いたくなかった相手であることは間違いない。カーティスと同時に隠しの魔法を解いたネージュは、ますます笑みを深めた青年に注意深い視線を送る。

「おいおい、アドラス騎士団長閣下じゃねえか。今日の俺は運がいいなあ」

イシドロは青灰色の三白眼で最強の称号をほしいままにする男を見つめていた。ネージュのことなど意識の外と言った態度だが、彼の目的を考えればそれも道理だ。

「久しぶりだね、イシドロ。春の馬上槍試合以来かな」

カーティスがいつもの微笑を絶やさないまま言葉を返すと、イシドロもまた面白そうに笑みを深めた。

「あんときゃしてやられたなあ。いつものことだがあんたは痺《しび》れる強さだった」

そう、王立騎士団と黒豹騎士団は顔見知りの間柄なのだ。

各領主の持つ騎士団と王立騎士団は有事の際は協力関係を結ぶものだが、その中でも黒豹騎士団は最も頼りになる存在とされる。それはネージュにとっても同じことだったし、平騎士にしてみても変わりはないだろう。

だからこそこの政争は残酷さを増す。知った顔同士で命をかけた争いを繰り広げるという悲劇、それがこの先もずっと続くのだから。

「今日も単独行動かい」

「そりゃそうさ。俺はボス以外に従う気はねえからな」

イシドロは確か二十四歳なのだが、スラム育ちで子供の頃にマクシミリアンに拾われたという過去を持つ。浴室の前にいたのは偶然だが、偵察隊の存在に気が付いたのは彼自身の野生の勘によるものだ。

「抜けよ、団長殿。俺を倒せたらここを通してやる」

彼が黒豹騎士団で随一の力を持ちながら第四位の座に甘んじているのは、戦闘以外に興味がないという人格破綻者ぶりに原因がある。

マクシミリアンの命令こそ聞くものの、それ以外は馬の耳に念仏。三度の飯より戦闘訓練を優先し、戦いを求めて一人ふらついているらしい。

そんなイシドロは王立騎士団長と出くわしたことにより、歓喜を押し隠すような顔で笑っている。

「本当に相変わらずだね。私と戦うために、仲間を呼ぶ気も無しか」

「当たり前だろ。雑魚《ざこ》に邪魔されてたまるかよ」

それぞれに笑みを浮かべて相対する男たちを前に、ネージュは何も口を挟むことができなかった。

一人なら別の脱出経路を模索するつもりだったのだが、何の因果かカーティスもまた浴室の出口を選んでしまった。とは言え彼の実力なら負けることはあり得ない。

緊張で固まった拳に力を加えたのと同時、強者《つわもの》同士の戦いの火蓋が切られた。

狭く薄暗い通路においては剣が交わる度に飛び散る火花が一際映える。魔法を使ったら他の者に察知される可能性が高いため、剣技のみの勝負がネージュの眼前で繰り広げられていた。

カーティスが構えるのは商人が護身用に携える細身の剣。しかし彼は得意の得物を持ったイシドロ相手に一歩も引かず、爽やかな笑みすら浮かべている。

「あははは！　楽しいなア、団長殿ォ！」

「そうかそうか、良かったね」

対するイシドロは心底楽しそうに最強の騎士と切り結んでいた。繰り出した突きを逸らされ、横薙《な》ぎの一撃を躱《かわ》されようとも、青灰色の瞳はますます輝きを増していく。

それは嫉妬心すら覚える光景だった。カーティスの実力にではない。彼と一応でも対等に渡り合える力を持ったイシドロにだ。

――いいな。私では稽古相手すら務まらないのに。

ネージュもネージュで剣術馬鹿なのだ。面白くない思いを抱きながら、彼らの邪魔にならないよう身を小さくしておく。

勝負が動いたのはその時のことだった。

イシドロのサーベルがカーティスの眉間に迫る。しかしその剣戟《けんげき》は半身の捻《ひね》りで躱され、突きを繰り出した脇がガラ空きになる。

その隙を見逃さなかったカーティスが、サーベルを持つ手を蹴り上げた。それでも得物を手放さなかったイシドロだが、大きく軌道を逸らされたことは失敗だった。

サーベルに削られたレンガが悲鳴をあげる。ネージュがその不協和音に身をすくませているうちに、カーティスの膝がイシドロの鳩尾《みぞおち》を直撃していた。

男が倒れる重い音が勝負の決着を告げる。イシドロは完全に意識を飛ばして、大の字になってひっくり返っていた。

本当に見事としか言いようのない勝ち方だ。カーティスは物慣れた動作で剣を鞘《さや》に収めて、そのまま出口へと歩き出した。

「……止《とど》めを刺さないのですか？」

「こちらは今のところ人的被害無しだからね。彼を殺そうが殺すまいが偵察隊の存在は知られてしまう。それなら政治的優位を狙った方がいい」

つまりはこちらから先に一線を踏み越えるのはまずいというわけなのだ。

あちらが乗り込んできたからこちらも乗り込んだ。あちらが殴ってきたからこちらも殴った。女王陣営には一切非の無い謀反劇にするために、そうした大義名分が必要になる。

色々な苦労を背負っているというのに柔らかな微笑は揺らぐ気配がない。騎士団長の強《したた》かさと冷静さに驚きつつ、ネージュは曖昧に頷いた。


王宮に帰還したのは早朝だったのだが、間もなく緊急会議が催されることになった。昨晩と全く同じメンバーが集結した今、会議室の空気は重みを更に増している。

ネージュはその末席に身を沈めながら、これから始まる会議の行方を思った。

「戦争か。どうやらブラッドリー公は手段を選ばない気らしいな」

ライオネルが端整な面立ちを顰《しか》めて言う。彼の言葉はこの場にいる全員が感じていたことだった。

戦略についての議論が始まる。彼らは皆難しい顔をしていて、話し合いは過熱の一途を辿った。

どこでぶつかり合うことになるのか、時期はいつ頃か。魔法記録装置で持ち帰った映像を注視し、敵戦力についても推察を重ねる。

「では次、先鋒を務めるのは誰か検討に移りましょう」

そうして作戦が固まりかけた頃。宰相閣下が投げかけた議題に、ネージュは俄に表情を引き締めた。

ここだ。ここでハンネスが先鋒に決まり、彼は戦争で命を落としてしまうのだ。戦は熾烈《しれつ》を極め、敵味方問わず甚大な被害を出すことになる。

何より重要なのが、ハンネスがマクシミリアンの友であるという事実だろう。ついに自らの友を死に追いやった自責から、マクシミリアンの心は闇に堕《お》ち、今後は更なる暴走を重ねて行くことになる。

ハンネスの帰りを待つ家族のためにもこのまま手をこまねいているわけにはいかない。彼が先鋒を務めるなら、ネージュはフレッドと共にその補佐を担当するのだ。それなら何とか最悪の悲劇は回避できるはず。

しかしなかなかどうして思い通りにはいかないものらしい。

「宰相閣下、先鋒は私に務めさせて頂きたく」

静かな、しかし凛《りん》とした眼差しで申し出たのは、他ならぬシェリーだった。

ネージュは驚愕《きょうがく》の眼差しを友へと向ける。彼女の背はまっすぐに伸びていて、その言葉に少しも迷いがないことが察せられた。

会議を終えたネージュは自室に戻るなりシャワーを浴びる。髪を乾かすのもそこそこに、タンクトップに短パン姿の体をベッドに横たえた。

なんでこんなことになってしまったのだろうか。

もはや笑うしかない。茫洋《ぼうよう》とした視線を虚空に向け、まさかの事態に陥った我が身の無能を呪う。

シェリーは先鋒隊の指揮を任されることになった。攻略キャラ達がこぞって補佐に立候補する中、ネージュも必死で右手を上げたものの、補佐の座を獲得することはできず終《じま》い。戦が始まるまでまだ数日の猶予があるとの見立てによって、それまではおのおの必要な仕事をこなすことになった。

あとでシェリーに聞いたところによれば、「ネージュが命をかけるなら、私も同じようにしなければと思った」らしい。

なんということだ。偵察任務に立候補したあの時の自分を殴りたい。

だが、それ以外にシェリーを偵察に向かわせない手立てなどあったのだろうか。もっと立ち回りが上手ければ、今こうして危機に陥ることもなかったのか。

どうしたらいい。自らの行動ひとつで、物語の筋書きからどんどん外れていく。

ネージュは顔を手で覆った。今更のように困難な使命を言い渡された実感を得て、胸が鉛を呑み込んだように苦しい。

様々な不安が渡来する中そっと目を瞑《つぶ》ると、この三日間まともに睡眠をとっていない体はいつのまにか意識を手放していた。

真っ暗な空間に一人の女性が佇んでいる。

「貴方には私の都合で過酷な運命を背負わせてしまったわね。本当にごめんなさい」

彼女は透き通るような声でそう言った。年の頃は二十代後半だろうか。艶《つや》やかな黒髪とこげ茶の瞳を持ち、シンプルなワンピースを着ている。この世の不幸を知り尽くしたような悲しい瞳で見つめられ、ネージュは息を詰めた。

この顔、どこかで見た覚えがあるような気がする。どこでのことだったのか尋ねたいのに、少しも声が出てこない。

「あの子と友達になってくれてありがとう。どうか、よろしくね」

その懇願は切なげな笑みを伴っていた。その表情に言い知れぬ胸の痛みを覚えた時には、既に女性の姿は暗闇に掻《か》き消えていたのだった。

瞬きの次にはまたあの神殿のような場所にいた。

あまりにも突然のことに頭が追いつかない。しかし再会を果たした神は、自身が転生させた娘の狼狽《ろうばい》など気にしたそぶりも見せず、あろうことかソファを模した石の上に寝転がっていた。その白魚のような手には見覚えのある携帯ゲーム機が握られており、胸の前にはポテチの袋を抱え込んでいる。

神は画面から視線を上げると、実に朗らかな笑みを浮かべた。

「ああ。頑張っているな、地球の子よ」

どういうことだこのニート。ゲームで遊んでいるばかりか、同時におやつタイムって！

喉元まで暴言が出かかったが、すんでのところで飲み込むことに成功した。代わりに拳をギリギリと握りしめながら、急な召喚に対しての文句をぶちまける事にする。

「せっかく寝てたのに。それにさっきの、何？」

「さっきのとは」

「知らない女の人の夢を見たの。あれ、神様が見せたんでしょ。回りくどい事しないで、伝える事があるならはっきり言ってよ」

苛立《いらだ》ちを隠そうともしないネージュに、神はしばし思案するそぶりを見せた。ゲーム機の電源を落とし、ポテチを脇に避けてから、改めて正面を向いて座り直す。

「それはどんな女だったのだ？」

「黒いロングヘアーの綺麗な人。二十代後半くらいかな。日本人っぽく見えたけど、よくわからない」

「ほう。なるほど」

ネージュの答えを受けて、神は含みのある笑みを浮かべた。

しかしそれ以上言葉を口にすることはなく、やれやれとばかりに肩をすくめてみせる。

「なかなか面白い事になっているではないか。早くも物語の本筋から離れてきたな？」

ネージュはぐっと押し黙った。どうやら神は全てを見通しているらしいが、下手を打ったネージュを嘲笑《あざわら》うためにわざわざ呼んだのだろうか。

「そなたを呼んだのは他でもない。実は、いくつか伝え忘れていたことがあったのだ」

神は優美な笑みを浮かべている。ネージュはその表情に嫌な予感を覚えて身構えたのだが、それは儚《はかな》くも的中した。

「誰も死なない、というのは敵方までを含めてのこと。もちろんマクシミリアンの死まできっちり阻止せよ」

「……はい？」

ネージュは思わず笑顔で聞き返していた。それを本当に聞こえなかったがゆえと思ったのか、神は全く同じことをもう一度述べる。

「だから、敵方まで救えと言っているのだ。あと末端の騎士、国民、全て取りこぼすことは許さぬ。あとはそなた自身もだ、地球の子よ」

「はあああああ⁉」

悲痛な絶叫が神殿内に木霊した。

何を言っているのだこの神は。いやもちろん、出来ることなら誰一人として死なないように努めようとは思っていたけれど、流石にネージュ程度の力で担うには全国民の命は重すぎる。

何より、マクシミリアンの死を止めるのが一番難しい。誰も死なずに結末を迎えたとしても、謀反人は処刑すると法で定められているのだ。それを邪魔しようとすれば王立騎士団全員が敵に回ることだろう。

「流石に無理じゃない⁉　無茶振りが過ぎると思うんだけど！」

「そう言うと思ったから、特別策を用意しておいた」

「特別策？」

ネージュは胡乱《うろん》な瞳で瞬きをした。この神の特別扱いはろくなことがない。

「そなたに魔力を与えよう。全属性、最大出力で扱える最強の魔力だ。世界でそなたに敵《かな》うものは一人としていなくなる」

「……はい？」

ネージュはまたしても笑顔で聞き返したが、今度の神は説明してくれることはなかった。

魔力なんてものはコントロールが出来なければ何の意味もないものだ。急に魔力が高まったりすれば、今まで扱えていた魔法が使えなくなってしまう。

「ちょっと待ってよ！　そんなもの貰ったって、扱えないって！」

「努力でなんとかするがよい。授かった力を生かすも殺すもそなた自身よ」

神が頭上に掲げた右手が虹色に輝き出す。太陽のごとく煌々《こうこう》とした光に耐えられず、ネージュは目を瞑ってしまった。

「少々痛いぞ、覚悟せよ」

「えっ……ま、まったまった！　たんま！　タイム！　ストップ！」

次の瞬間、強烈な熱がネージュを包んだ。あまりの衝撃に息が止まって、悲鳴すら出てこない。

この神、やっぱりだいぶ雑じゃん。そんな恨み言を脳内で唱えた時、意識がプツリと途切れてしまった。

＊

「熱っあああ⁉」

ネージュは豪快な叫び声を上げながら飛び起きた。

風呂から出た時は鳥のさえずりが聞こえていたはずが、今の自室はすっかり暗闇に沈んでいる。

冷えた汗のせいで張り付くタンクトップが不快だ。朦朧《もうろう》とした頭を押さえたネージュは、魔力で明かりを点《と》もそうとして、とんでもない光を放ち始めたランプにベッドから転げ落ちそうになった。

慌てて出力を調整して普段の明るさになったのは良いが、突然の出来事に心臓が大きな鼓動を刻んでいる。

「まさか……今の、夢は」

口に出してみると実感が湧いてくる。どうやら自分はあの神によって、とんでもない魔力を授けられてしまったらしい。

どうしろというのだ。この力を使ってどうしろと。

神が言うほどの力なら、この世界で手にしている者など存在しない。いきなりそんな魔力を披露すれば疑念を向けられるのは必至。おそらくは尋問の対象となり、悪くすれば投獄の可能性すらある。

乾いた笑いが口から漏れた。余計に困難を増した使命を反芻《はんすう》して、ネージュは再びベッドへと突っ伏したのだった。

その翌日。ネージュはシャツにスラックスという軽装を身に纏い、王都から離れた森の中に一人佇んでいた。ここなら誰かが来る心配もないし、万が一に備えて探知用の結界も敷いておいたので問題はないだろう。

心を落ち着ける為《ため》に深呼吸をする。腰に下げた剣を抜いて前に掲げると、一番得意な魔法の呪文を唱えた。

「土の城壁！」

その途端に轟音《ごうおん》をあげて出現する土の壁。しかしその規模はと言うと、一度として見たことも聞いたこともないものだった。

高さは見上げても足りない程。しかもネージュを中心として大きな円を描いており、自身の部下を全て入れてもまだまだ余裕がありそうだ。

ネージュの青い顔を汗が伝い落ちていく。

何だこれ。以前とは倍率すら計り知れないほどの魔力量になっているってどういうこと。魔力を全て使い切ってもこれほどの魔法は発動できなかったはずなのに、今では連発できそうなくらいに力が有り余っている。

ネージュは恐る恐る剣を掲げた。では、自身の属性以外の魔法はどうか。

「深海の怒り！」

呪文と同時にぶち上がった巨大な水柱を、ネージュは遠い眼差しで見つめた。すぐに魔力を納めて、次は風の魔法を選ぶ。

「風切り羽！」

無数の風の刃が切っ先から飛び出して、森の全てを切り倒していく。

「紅炎の舞！」

赤い炎が何本もの渦を巻いて木々を燃やしていったので、水を出して消しておいた。

「雷鳴轟々！」

無数の雷が落ちて、あたり一帯が黒焦げになる。

ネージュはがくりと膝をついて、最後に苦手なはずの治癒魔法を使った。みるみるうちに元の姿を取り戻した森に安堵するも、今起きたことへの動揺がやすやすと上回る。

「……うう」

情けないうめき声が口の端からこぼれていった。

酷《ひど》い、あんまりだ。こんな力、制御するのにどれほどの時間がかかることか。

ますますとんでもないことになったと実感したネージュは、しばらくの間、青い顔を森へと向けたままでいたのだった。

王宮へと戻ってくると自然と足が訓練場に向いてしまう。しかしいつもとは違った緊張感を場内から感じ取ったネージュは、柱の陰からそっと中を覗《のぞ》くことにした。

そこではシェリーとその直属の上官であるライオネルが剣を交わしていた。

美形同士の斬り合いは大変絵になる。ネージュは感心してその様子を眺めていたのだが、やはり勝負はすぐに付いてしまった。

細身の剣が空を舞い、土を敷いた地面に深々と突き刺さる。荒い息を抑えることさえできないまま、シェリーは空になった手を胸に当てて深々と一礼した。

「団長殿、お手合わせ頂きありがとうございました」

「構わない。強くなったな、副団長」

この距離感こそ、初期の二人だよね。

ネージュはにやける顔もそのままに二人を見つめる。このお互い役職で呼ぶ間柄が、最後には名前呼びになる。そのじれったい距離の詰め方は悶絶《もんぜつ》ものだった。

「……時に、副団長」

「なんでしょうか、団長殿」

「腹が減らないか。私は今から昼食を取りに行くのだが、一緒にどうだ」

ネージュは心の中で歓声を上げた。

これはまったく見覚えのない展開だ。男性陣と一緒に偵察に行く機会がなくなった以上、シェリーが誰と恋仲になるのか予想もつかない。これからは見知らぬ恋のイベントが多数発生していくのかも。

一体どう答えるのだろう。友の恋の行方を占ってドキドキしていたネージュは、シェリーが表情を変えないまま首を横に振るのを目の当たりにすることになった。

「申し訳ありません、団長殿。私はもう少しだけ訓練を続けます。今掴んだものを忘れないうちにものにしたいのです」

「そうか、熱心だな。頑張りたまえ」

ライオネルは端整な顔に小さな笑みを浮かべた。その表情は部下の勤勉ぶりに対する労《いたわ》りに満ちているようで、少しだけ寂しそうにも見えた。

「は！　ありがとうございました、団長殿！」

シェリーの態度は生真面目に一貫していた。ライオネルは気にするなと手を上げて、訓練場を後にしていく。

っだあ～、何これ辛い！　バルティア団長、どんまいです！

ネージュは震える手で口元を押さえた。恋が発展する様子も良いが、うまくいかないのもそれはそれで尊い。

しかしこれほどまでにフラグを綺麗に叩き折ってしまうとは。ライオネルルートの可能性が潰えたわけではないが、シェリーの恋の相手は一体誰なのだろうか。

ネージュは思案しつつ、熱心に剣を振るうシェリーを横目に訓練場を後にした。

重大な役目を担った戦を前にして、彼女もきっと気を張り詰めさせているのだろう。仲良くおしゃべりに興じるのは、お互い気を抜いている時だけでいい。

第三章　大戦を無傷で切り抜けるべし

時は慌ただしく過ぎる。王宮からほど近くの平原に黒豹《くろひょう》騎士団が陣を張ったとの一報が届いたのは、偵察任務から丸五日が経《た》ってのことだった。

女王陣営が擁するのは銀の甲冑《かっちゅう》を纏《まと》った王立騎士団六百名と、近衛軍《このえぐん》五千。対するマクシミリアン陣営には黒鋼の甲冑を纏った兵黒豹騎士団五百名と、ブラッドリー領軍四千八百。それだけの数の猛者たちが荒野を挟んで向き合う様は、いっそ壮観だった。

互いの騎士団の紋章を記した旗が幾十と翻り、その下に並ぶ騎士たちは前を見据えたまま動かない。空には鉛色の雲が立ち込めていたが、雫《しずく》を垂らすことなく生ぬるい風を吹かせている。

第三騎士団二百名の先頭に立ったネージュは隣に佇《たたず》む老騎士を見上げた。バルトロメイは特別な感情をその瞳に映すことはなく、いつもの如《ごと》く祖父のような眼差《まなざ》しで、兜《かぶと》の隙間から部下を見つめ返してきた。

「最善を尽くしなさい、ネージュ。私はお前を信じる。そして部下もお前を信じている。それを忘れるな」

大好きな上司の気遣いにあふれた言葉に支えを得たネージュは笑みを浮かべて頷《うなず》いた。

「はい。力を尽くします」

ありがとうございます、ガルシア団長。ですが私には戦に出ること自体より、気にすべきことがあるんです。

如何《いか》にしてシェリーを救い、かつ人的被害ゼロでこの戦を終わらせるのか。ネージュの脳内はその対策を反芻《はんすう》するあまりにパンク寸前だった。

無い知恵を絞って事前に立てた策はこうだ。シェリーが先鋒《せんぽう》として切り込むのを、遠方から魔法を使って密《ひそ》かに手助けする。

魔力のコントロールはこの五日間で出来うる限り磨いておいた。正直言ってかなり不十分だが、彼女の進路を守るようにして土の壁を立てることくらいはできるだろう。

そのあとは敵陣深くに侵入したところで魔法を解く。大胆ではあるがマクシミリアンと相対させてしまうのだ。

ライオネルルートの終盤において、マクシミリアンがシェリーに攻撃できずに自身が致命傷を負うという展開がある。この前半戦においても親子の情は同じだとすると、マクシミリアンにシェリーをぶつけることで、戦意を喪失させることができるかもしれない。

かなり危険な策だが何の防御もなく敵陣に突進させるよりは余程いい。何より短時間での決着が見込めるため、人的被害も少なくて済むだろう。もしマクシミリアンが自身の娘に気が付かなければ、その時はネージュが持ち場を放棄してでも助け出すつもりだ。

つもり、だったのに。

ネージュは我が目を疑った。信じられない光景を前にした心臓が嫌な音を立て、全身から冷や汗が噴出する。

左斜め前方、荒涼とした大地の真ん中に進み出たのは、白馬にまたがるシェリーだったのだ。

「我が名はシェリー・レイ・アドラス！　女王陛下の名の下に、貴君らに一騎討ちの申し入れを致す！」

馬上にあって彼女は一際美しかった。甲冑からたなびく銀髪も、背筋の伸びた姿勢も、曇り空などものともしない凄《すご》みに満ちている。

えっと、夢だよね。これは夢だ、夢だ夢だ夢だ。

「恐れを知らぬ勇士は前へと出られよ！　この私の首を取れば、その名を国中に知らしめることが出来ようぞ！」

玲瓏《れいろう》たる声が平原に轟《とどろ》く。戦の神のごとき姿に誰もが目を奪われている。

宣言を終えたシェリーが剣を抜き放つと同時、自陣に構えた騎士と近衛兵が一斉に沸き立った。

それは凄《すさ》まじい歓声だった。誰しもが主役の登場に熱狂し、その勝利を信じて気勢を上げる。

うん、さっすが主人公、かっこいい～……じゃなくて！

ネージュは沸き返る周囲にあって、口を開けたまま友を見つめた。それは今回の計画が根底から覆されたことを示す、笑える程に絶望的な光景だった。

「ガ、ガルシア団長、あれは一体……!?」

「ふむ。シェリー嬢、騎士の権限を行使したか。流石《さすが》はカーティスの娘だ」

完全に浮き足立った騎士達《たち》の中にあって、流石に歴戦の英雄は落ち着いていた。しかしその泰然とした様子にネージュの方が焦りを覚えて、青ざめた顔で上司を見上げる。

「権限とは！」

「無論、決闘の権利だ。騎士はいついかなる時でも、勝負をつけたい相手に決闘を申し込むことができるだろう。シェリー嬢が望むのは敵幹部の首だ」

「首いっ⁉」

これほどまでに乙女ゲームのヒロインに似つかわしくない単語があるだろうか。ネージュはひっくり返りそうになったが、そう言えばここはそういう世界だったと思い直した。

血で血を洗う政争こそがこの物語の軸であり、全ての登場人物が死と隣り合わせの間柄。シェリーは気高く勇敢なヒロインなのだから、自身の決闘によって戦争での勝利を引き寄せたいと考えても不思議ではない。

ネージュは慌てて視線を友へと向けた。シェリーは動きのない敵陣営にも動揺を示さず、嘲るような響きすら乗せて言葉を手繰る。

「どうした！　貴君らは誉れ高き黒豹騎士団の騎士であろう！　誇りを失いたくなくば、私と剣を交えて見せよ！」

わあ、もうほんとかっこいい。さっすが我らがヒロイン！　シェリー、頑張れ～！

飽和した頭が現実逃避を始めたが、その間にも容赦なく事態は進行していく。

黒い甲冑を纏った騎士の軍団の中から進み出てきたのは一人の歩兵だった。愛用のサーベルの切っ先を肩に乗せ、気怠《けだる》げに歩いてきたその男の名は。

「よう嬢ちゃん。なあ、あんた強いのか？」

黒豹騎士団第四位たるイシドロの登場に、ネージュはますます顔色を失った。

「これは正式な決闘である。受けるのならば名を名乗られよ」

「ああ？　めんどくせえなあ。イシドロ・アルカンタル。これでいいか？」

終わった。何もかも終わった。

成立した決闘を前にして、ネージュは最早《もはや》気絶寸前だった。

何この展開。予想外にもほどがある。神のいたずらを疑いたいところだが、神は彼らの生存を望んでおられる。

誰か止める者はいないのかと周囲を見渡すが、先陣に立つ幹部たちは動く気配がない。騎士は騎士の誇りを汚すべからず。シェリーの養父たるカーティスですら、兜に隠れた顔からは動揺を窺《うかが》えなかった。

シェリーが無言で馬から地面へと降り立つ。兜を身に着けないイシドロに倣って、彼女もまた兜を放り投げる。

「アルカンタル殿、貴殿に感謝する」

「そりゃあどうも。んじゃ、行くぜ……！」

二人の持つ剣が火花を散らし、両騎士団から大地を振るわす歓声が上がった。

駄目だ、シェリーは勝てない。イシドロは黒豹騎士団の実質第二位であり、カーティスと切り結ぶことを可能にする強者だ。副団長に昇進して半年の彼女では勝ち目がない。命を溝《どぶ》に捨てるようなものだ。

助けなければ、でもどうやって？　ネージュの持つ魔法では、攻撃をする以外に使い道がない。

迷っている間にもシェリーは徐々に押され始めていた。甲冑のおかげで怪我《けが》はないようだが、男の重い一撃が女騎士の動きをやすやすと上回る。魔法を使っても炎のシェリーと水のイシドロでは分が悪く、次々とかき消されてしまう。

遠目にもイシドロが笑っていないのが見えた。同等以上の実力者でなければ、彼は戦いの愉悦を得られないのだ。

ネージュはせめてと遠隔聴覚の魔法を使い、どこかに突破口がないかと情報収集に全神経を集中させた。

「嬢ちゃん、あんた何ででしゃばった。この程度の実力じゃ、うちの幹部の下位連中と同等ってところだろ」

途端に聞こえてくる、剣戟《けんげき》の音とイシドロの冷徹な声。しかしそれに切って返すシェリーの言葉はまったく引けを取らなかった。

「私の命は女王陛下のもの。我が主君のためならば惜しくはない」

「何が女王陛下のためになるんだよ。あんたがここで死ぬせいで、王立騎士団は一つの柱を失う。傍迷惑《はためいわく》な犬死にだ」

イシドロの声が酷薄な色を宿す。彼の言っていることは言葉はきつくとも事実なので、戦闘狂ではあっても馬鹿ではないのかもしれない。

「浅いわね、アルカンタル。私が死ねば味方の士気が上がる。私の部下たちは副団長が殺されて義憤に駆られないような腑抜《ふぬ》けではない！」

凛《りん》とした声音に、ネージュは兜の奥の瞳を見開いた。あまりの衝撃に頭を撃ち抜かれたような気分だった。

「生きるも死ぬも同じこと。この戦に勝つためならば、手段は選ばないわ！」

そうだ、この子はこういう子だった。騎士団に入団してきた時から何も変わらない。彼女はいつも女王陛下への忠義と自身の使命への誇りを持ち、身命を賭すことになんの躊躇《ためら》いもない。そんな彼女だからこそ皆《みんな》が守りたいと願ってやまないのだ。

「シェリーの馬鹿……！」

ネージュが絞り出すように叫んだのと時を同じくして、自陣の幹部たちもざわりと揺れた。おそらく同じように会話を聞いていたのだろうが、もうその反応を意識の外に締め出したネージュは、ただ覚悟を決めた。

一歩間違えれば自分のせいでたくさんの人が死ぬかもしれない。それでも何もしないよりは遥《はる》かにマシだ。そう、最善を尽くすだけ。せっかくもらったこの魔力、今使わずになんとする。

限りなく小さな声で呪文を唱え始めると、隣に立つ老騎士だけが気付いて視線を向けてくる。それでもネージュは意志を持って諳《そら》んじていく。

「雷の輝きは鮮烈、雨の流れは滂沱《ぼうだ》、その姿は天の采配なり……雷雲の鉄槌《てっつい》」

ネージュの瞳が魔力を帯びて人知れず輝く。そうして一拍も置かずに轟いた雷鳴に、その場の全員が空を見上げることになった。

遠くで光った稲妻が急速に勢いを増してこちらへと近づいてくる。その光景を呆然《ぼうぜん》と見つめていた万の大軍団は、その圧倒的な力が一直線に自らへ襲いかかろうとしていることを知るや、流石に色を失った。

稲妻が荒涼とした大地へと突き刺さり、戸惑う騎士たちの姿を鮮烈に照らし出す。獣の咆哮《ほうこう》と錯覚する程の轟音《ごうおん》に皆一様に足を竦《すく》ませたのは無理からぬことだった。やがて滝のような雨が降り始め、甲冑を纏った幾千もの足を泥濘《ぬかるみ》に落とし込んでいく。

「ガルシア団長、レニエ副団長！　緊急事態です、これは戦どころでは……！　防御魔法もここまでの雷では効かない可能性があります！」

第三騎士団第一班班長のルイスが、大雨と雷の爆音に負けじと叫ぶ。さしもの騎士たちもこの予想外の事態に動揺を隠しきれない。

ネージュは自らが発動した大魔法のあまりの威力に呆然としていたのだが、すぐにやるべきことを思い出した。

「ガルシア団長、申し訳ありませんが失礼します！」

ネージュは兜を投げ捨てながら走り出した。手甲《てっこう》も、胸当ても水を含んで邪魔だ。全てを取り払いながらできる限りの速さで足を動かす。

バケツをひっくり返したような大雨のせいで求める姿が見えず、全軍の撤退が決まるまで魔力の放出を続けなければならないのがもどかしかった。

「シェリー……！」

しかしその名を呼んだと同時に、ネージュは彼女の元へと辿《たど》り着《つ》いた。

シェリーはイシドロと剣を構えたまま相対していた。滝に打たれるのと同じ状況でも集中力を途切れさせていないその様子に、ネージュははっと息を呑《の》む。

「……くっ、は。あはははは！」

不意にイシドロが心底面白そうに笑い始めたので、シェリーは訝《いぶか》しげに眉をひそめたようだった。

濡《ぬ》れ羽色《ばいろ》の髪を大雨が撫《な》でている。それでも笑い声は止まらず、彼が楽しみを得たらしいことをネージュへと伝えた。

「いいねえ。筋の通った馬鹿はいい。あんたは自分の価値をよく心得てる」

イシドロは青灰色の瞳を細めてみせた。サーベルの構えを解き、流麗な運びで鞘《さや》へと戻す。

「また会おうぜ、シェリー。それまでに強くなっておいてくれ」

何気なく踵《きびす》を返したイシドロの背中は寸分の隙もなかった。一見すると何の気構えもなさそうな後ろ姿が、刺すような雨の中に溶けていく。

足音が聞こえなくなったところでシェリーはへたり込んでしまった。一つに結い上げていた銀髪は解け、銀の甲冑に張り付いていたが、濡《ぬ》れ鼠《ねずみ》になっても彼女は美しかった。

「イシドロ……」

薄紫色になった唇が、悔しさを滲《にじ》ませて宿敵となった男の名を呼んだ。

すぐ近くで雷鳴が轟いている。ネージュは友に肩を貸して立ち上がらせながら、得てしまった予感に肝を冷やしていた。

あっれえ。この二人、もしかしてフラグですか？

どうにかして宿営地に戻った二人の女騎士は、まずは待ち構えていたバルトロメイに迎えられることになった。そして両陣営の撤退が決まったことを聞かされたネージュは、人知れず魔力を収めていく。

顔を上げれば雲の切れ間に太陽がその姿を覗《のぞ》かせていた。慌ただしく過ぎ去る騎士達は雨に打たれた疲労を感じさせず、シェリーを引き取って救護所へと連れて行ってくれた。

「ガルシア団長、被害は」

「無い。全員無傷だ」

バルトロメイは安心させるように微笑《ほほえ》んでいる。その答えに肩の力を抜いたネージュは、しかし続く言葉に再び全身を強張《こわば》らせることになった。

「さて、少し話をしようかネージュ。先ほどの雷雨について、な」

逃げることなど不可能であることは解《わか》りきっていた。着替えを終えて天幕の中で向かい合い、隠しの魔法で会話が漏れないようにしたところで、ネージュはぽつぽつと話し始めた。

第三騎士団団長の鉛色の瞳はいつもの優しさを打ち消し、一筋垂れた白髪の向こうで鋭く光っている。天候を操る大魔法を発動させた時点で覚悟していたことではあっても、尊敬する上司のこの態度はやはり堪《こた》える。ネージュは俯《うつむ》くようにして視線を逸《そ》らし、膝の上に置いた両拳を当てもなく見つめた。

「……到底信じられんような話だな。未来を見てきたというお前は、一体どのような神に愛されたのやら」

ポテチとゲームが好きなクソニートです。そんな答えを口にするわけにもいかず、ぎゅっと唇を嚙《か》み締《し》める。

ネージュはほとんど全てをバルトロメイに打ち明けた。そうでもしなければあの魔力量について説明することができなかったから。乙女ゲームと転生という単語だけは伏せ、未来を見てきたと嘘《うそ》をついたのと、マクシミリアンの復讐《ふくしゅう》心《しん》とシェリーの出自については口を噤《つぐ》んだが、それ以外は洗いざらい白状したのだ。

こんな荒唐無稽な話を信じる者がいるはずもない。バルトロメイならば信じてくれるかも知れないと、愚かな希望にすがったのが間違いだったのだろう。

絶望感に目の端に涙を滲ませた瞬間、濡れた髪の毛越しに頭に触れる温かな感触があった。

顔を上げると、そこにあるのはいつもの微笑み。前世の祖父を思い起こさせるそれに、懐かしさを覚えて胸が痛んだ。

「それでも私はお前を信じる。嘘などつくはずもないお前の人柄と、女王陛下への忠節を信じる。ネージュ、お前はよくやった」

「ガルシア団長……」

「ほら、騎士が人前で涙を見せるな。戦いはまだ終わっていないのだから」

バルトロメイの大きな両手が両頰を挟み、わしわしと乱暴に揉《も》む。その親愛に満ちた仕草に、ネージュはついに涙腺を決壊させた。

今の今まで何もかもが不安だった。果てのない旅路における仲間がようやく見つかった、得難いほどの安堵《あんど》が全身に沁《し》み渡《わた》る。

「う、うう……団ちょお……！」

「おやおや。随分と立派になったと思っていたが、やはり入団当時と何も変わらんなあ」

ネージュは十六歳で入団すると同時に第三騎士団に配属されて、以来ずっとバルトロメイにしごかれてきた。時に厳しく時に優しい彼に鍛えられ、未熟ながらも一端《いっぱし》の騎士として成長し、副団長職を拝命するまでになったのだ。その恩義はどうあっても返しきれるものではない。

「わ、私……！　絶対にやり遂げてみせます。ぜったい、誰も死なせない！　貴方《あなた》のことも、ガルシア団長」

大粒の涙が零《こぼ》れ落《お》ちては、皺《しわ》だらけの手の甲に吸い込まれていく。大泣きするいい歳《とし》をした部下に、バルトロメイは困ったように笑っている。

「私はそう簡単に死なんよ」

「わがってまず！　わ、たしも、ガルシア団長を信じていますからっ……！」

ネージュは手の甲で涙を拭い、深呼吸をして姿勢を正す。しばらくすると気持ちも落ち着いてきて、話を続ける余裕が戻ってきた。

現在に至るまでいかに正史から逸脱してしまったかを語る。誕生会においてはクレメインが死ぬはずだったこと、この戦においてはハンネスが死に、多数の死傷者が出る予定だったこと。そして膨大な魔力を得てしまったことを。

「では総合すると、既にかなりの人命が救われているということだな」

「一応、そういうことになります。ですが」

「まだ反乱は始まったばかり。今後どうなるかは、既に違う未来に進んだ現在においては見当もつかない、か」

「……はい。おっしゃる通りです」

バルトロメイは思案するように目を細めて顎を撫でた。ロマンスグレーの騎士はこんな仕草も大変様になるが、そこに感動を覚えている場合ではない。

「疑問が残る。なぜ神は、我らの命が救われることを望まれた？」

予想だにしない問いに、ネージュは瞼《まぶた》を瞬かせた。

「それは……命が失われたことが、悲しかったと」

「では何故《なぜ》、今この政争のみにそうした感傷をいだかれたのだ？　もっと悲惨な戦争を、私はいくつも経験したぞ」

それは、この政争のみがゲームによって取り上げられたから。神はゲームの内容改変を望んでいるのだ。

――本当に、そうなの？

頭の中で疑問が膨れ上がる。確かにバルトロメイの言う通りだ。考えてもみなかったことだが、なぜ神はこのゲームだけを気にしたもうたのか。

地球においては目を覆いたくなるような悲惨な争いが繰り返されている。過去に遡れば何百万、何千万単位の命が失われた戦争もあったのに、神は何故かこのゲームに並々ならぬ執着を見せた。一人の取りこぼしも許さぬと、そう言ったのだ。

「どう、なのでしょうか。神とは、気まぐれなものなのかも知れません」

考えても答えが出てくることはなく、ネージュは結局結論を濁して述べた。今更のように胸の内に生じた疑問が不快な澱《おり》をもたらしたが、曖昧に微笑むしかなかった。

「ふむ。その気まぐれに、感謝するとしようか」

バルトロメイも同じような笑みを浮かべた。話の先を促す視線を受けて、ネージュは再び語り始めることにする。

さて、どうまとめるべきか。いくつかのルートがある筈《はず》だが、今のところヒロインが誰かに好意を抱く気配はない。つまり話をすべきは誰とも恋仲にならないまま真相を解明する真ルートについてだろう。

「……まずはこの戦において、我々は辛くも勝利を手にします。黒豹騎士団は敗走。以降は行方を摑《つか》めないまま、彼らの襲撃に戦力を削られることになります。ただしそれは時間稼ぎに過ぎないのです」

「時間稼ぎ?」

「はい。ブラッドリー公は復讐のためなら手段を選ばない。彼は王都ごと、魔獣を召喚して破壊せしめようとするのです」

これには流石のバルトロメイもその表情に動揺を見せた。

真ルートにおける最後の戦いについて思い出すと、口の中に苦味が広がっていく。

倒れる仲間達。破壊された街。燃える王宮。最終的に生き残るのは女王と王都の住民の半分ほどのみという、もっとも悲惨で、もっとも悲しい物語。

「貴方は住民を守って命を落とします。私も同じく。シェリーとアドラス騎士団長閣下は女王陛下を守り、騎士団の、皆も……」

先程引き締めたはずの涙腺が主張を始めたので、ネージュは一つ深呼吸をした。再び瞳を合わせた時、尊敬すべき上官はただ静かに微笑んでいた。

「わかった。そうならないよう、精一杯努めるとしよう」

「本当に、信じてくださるのですか」

「勿論《もちろん》だ。女王陛下をお守りするため、出来うる限りの命を救うため、私も力を尽くす」

バルトロメイの瞳に迷いはなかった。いつも騎士たる本分を忘れない彼もまた、女王陛下を守るためなら手段を選ばないのだ。

その後も話し合いを続けていると、とある一報が舞い込んできた。

空になったブラッドリー城を押さえることに成功したのだ。しかし普通なら歓声を上げるような戦果でも、シナリオを知るネージュはただそのまま現実を受け止めるだけ。

帰る場所を失った黒豹騎士団は、兵士を置き去りにして行方を眩《くら》ませた。それは彼らが今後はどう打って出てくるかわからないという、恐るべき闇の集団と成り果てたことを意味していた。

バルトロメイという仲間を得たネージュは、暗転する事態にあってそれなりの落ち着きを取り戻していた。今後は尊敬する上司と共闘できるので、予想される敵の襲撃にも随分対処がしやすくなるだろう。

ネージュは足取りも軽くとある天幕を訪れる。

その中ではシェリーが簡易ベッドに腰掛けていた。乾いた騎士服に身を包んだ彼女は、見たところ怪我もなく元気そうだ。

「おや、ネージュ！　来てくれたの」

「ネージュ！　来てくれたの」

我らがヒロインはエスターの治療を受けているところだった。黒豹騎士団を追跡する第一、第二の両騎士団を率いるのはカーティスなので、彼女の親しい者たちはすっかり出払ってしまっている。天幕の中は静かだったが、かといって緊張感に満ちているわけでもなかった。

「フランシア団長。シェリーの状態はいかがです」

「大丈夫ですよ、レニエ副団長。いくつかの打撲がありましたが、今の治療でほぼ治っています」

エスターの優しい微笑に、ネージュは緊張にこわばる顔を緩めた。彼が言うのだから間違いないのだろう。

「アドラス副団長。騎士が取る行動としては天晴《あっぱ》れですが、あまりあのような無茶をするものではありませんよ」

「はい……ご迷惑をおかけし申し訳ありません」

「君が死ねば、悲しむ者が沢山います。アドラス騎士団長閣下も、レニエ副団長も……もちろん、私もね」

桜色の髪に彩られた顔がいたずらっぽい笑みを描く。決して頭ごなしに説教をしないその柔らかさに、シェリーもまた緊張を感じずに済んでいるらしく、穏やかな笑みを浮かべていた。やっぱり外面が完璧だ。

エスタールートにおいては、彼の正体が見え始めるドキドキ感が話の核となる。二人は王宮の薬草畑でほのぼのとした時を過ごすのだが、やがて戦いにて垣間《かいまみ》見える冷徹な顔にハッとすることが増えていく。その流れはともすればミステリー仕立てで、他二人とは毛色の違ったルートなのだ。

ネージュは背筋の凍るような思いがした。先程の魔法は天候の激変に見えるように注意を払ったが、果たしてこの冷酷な番犬の鼻を掠《かす》めずに済んだのだろうか。

「レニエ副団長は怪我はありませんか」

「はい、ございません」

「そうですか、ならば良いのです。では、私はこれで」

礼を述べるシェリーに笑みを返して、エスターは天幕を出て行った。その途端に気が抜けてしまって、ネージュは大きく息を吐いてしゃがみこんだ。

「ネージュ、どうしたの。大丈夫？」

美しい声が焦りを帯びている。ネージュは地面に転がりたい衝動に耐え、苦笑を浮かべて友の翡《ひ》翠《すい》の瞳を見返した。

「それはこっちの台詞《せりふ》でしょ。無事で良かったよ」

「ごめんなさい。ネージュは本当に怪我はない？」

シェリーはすっかりしおらしくなって肩を落としている。先程の威勢は見る影もないその様子は、叱られた子猫のようで可愛《かわい》らしい。

「私は大丈夫。シェリーこそ、あのアルカンタル相手によくその程度で済んだね」

「それは……あの人が、手加減したから。私、全然敵《かな》わなかったの。全部の攻撃を躱《かわ》されて、防がれて。全然歯が立たなかった」

シェリーが膝においた両手に力を込める。その手が剣ダコで硬くなっていることを、同じ手を持つネージュはよく知っていた。

「イシドロの気まぐれ一つで、どうにでもなる程度の力しかないなんて。こんなんじゃ、女王陛下のお役には立てないわ。悔しい……！」

引き絞るような声が落ちては消えていく。シェリーは目を細めて眉間に力を入れて、涙を流すのを必死で我慢しているようだ。

彼女の慟哭《どうこく》を聞きながら、ネージュは場違いにも先程得た予感を呼び覚まされていた。

シェリーが誰か一人の男にこれほどの激情を抱くのを初めて見た。それが愛情とは程遠いものだとしても、強い感情という点で特別なことは間違いない。

対するイシドロの方も、自分より弱い人間に対して興味を持つのは大変稀《まれ》な気がする。彼のことは詳しくはないが、この前ブラッドリー城で出くわした時など、ネージュの存在が眼中に入っていたかどうかすら怪しい。

猛獣と女騎士。下町の青年と王家の血を引く姫君。敵対する組織に所属する男と女。このような出会いがあった場合、物語においては大抵の場合フラグである。

……いや、いやいやいや。シェリーとイシドロ？　無いよ、無い無い。無いったらない！

ネージュは自身の妄想を切り飛ばした。流石にゲームのやりすぎ、小説の読みすぎだ。シェリーはヒロインなのだから、あの三人の誰かが相手に決まっている。いや、そうであってくれ。

「シェリー。貴方の命は女王陛下に捧《ささ》げてる。そうだよね？」

ひとまずこの問題は脇に置いておくべきだと判断して、ネージュは静かに語りかけた。

しゃがみこんだままなので寝台に腰掛ける友とは顔を合わせやすい。シェリーは悔しさをにじませた細面を上げ、力強く頷いてくれた。

「その通りよ。ネージュもでしょう」

「うん、勿論。だからこそ、私は命を落としては駄目だと思ってる」

全てが終わった後、女王は人知れず涙をこぼす。一人きりになった玉座で嘆きながら、人生という長く孤独な戦いを強いられることになる。

「自分の判断で命を擲《なげう》ってはいけない。貴方の命は貴方のものではないんだから」

けれどその事実を告げることはできない。故にネージュはあえて厳しい言葉を選んで、親友へと投げつけた。

シェリーの翡翠が活力を取り戻していく。やがて彼女は自らの頬をパチンと叩《たた》くと、俄《にわか》に立ち上がった。

「ネージュ、貴方の言うことが正しいわ。私、なんてことをしたのかしら」

「元気出た?」

「ええ! 落ち込んでいる暇があったら鍛錬を積まなくちゃ。もっとお役に立てるように!」

燦然《さんぜん》と輝く瞳で拳を握りしめたシェリーは、既にいつもの彼女自身だった。その姿に安堵を覚えたネージュも立ち上がって、友の後を追うようにして天幕を後にした。

第四章　可愛《かわい》い女子が女子会をしていると可愛い

癒《いや》しが欲しい。自室で眼《め》を覚ますなり、ネージュはそう独り言ちた。

戦を終えて寮に帰ってきたのは昨日の夜半。魔力を大量放出した体は切なる疲労を訴えていて、そのまま爆睡してしまったらしい。時計を見ると既に十時を回っているから、食堂に行ってもなんの食べ物も無い時間帯だ。

燦々《さんさん》と輝く窓を霞《かす》む目で見遣《みや》ってから、備え付けられた浴室でシャワーを浴びる。浴槽に湯を張らないのは常のことで、取り戻した前世の記憶の中でも同じように暮らしていたから、どうやら自分は風呂に癒しを求めるタイプの可愛い女子にはなり得ないようだ。

癒し。今の己に圧倒的に足りないもの。ゴロゴロするのも悪くはないが、これだけは前世と違って騎士たる体力を身につけた体は、一度の睡眠で劇的に体力を回復してしまっている。

そんな時に隣の部屋に暮らすシェリーの顔が浮かぶのは、とても自然な流れだろう。

彼女も休みなら共に甘いものでも食べに行こうかと考えて、ネージュはいやと思い直して髪を洗う手を止めた。

確かゲームの流れにおいて、このタイミングでヒロインと攻略対象のデートイベントが発生していたはず。

駄目だ、シェリーは誘えない。真ルートに入った可能性が高いとはいえ、まだまだ何が起こるか未知数なのだ。何より親友の恋の可能性を邪魔するわけにはいかない。

こういう時こそ、あれだよね。

ネージュは顔を輝かせつつ、髪を洗い終えてシャワーを止めた。誰にも明かしていない趣味を楽しむために、休日というのは存在する。

王都モンテクロは重大な謀反劇の最中でも相変わらずの活気に満ちていた。季節は晩秋、街路樹は色付いて行き交う人と馬車馬が吐く息は白い。

ネージュは紺色のワンピースにベージュのフェルトコートを身に纏《まと》い、景色を眺めながら街中を歩いている。

近代ヨーロッパの雰囲気がもっとも近いだろうか。街の様子や生活水準からそう読み取れるのだが、一つ決定的に違うのが科学が殆《ほとん》ど発達していないということだ。

全てのインフラは魔法に頼って生み出されている。よって発達具合に差があって、電話はあるが汽車などの移動手段は未《いま》だ日の目を見ない。ラジオや写真も大衆への普及はまだ。戦は中世の様式を保っているのだが、それは人の手で生み出しうる武器が魔法の威力を上回らなかったからだと推測される。

知ったことではあるがここは全くの異世界なのだ。

しかし前世での暮らしを思い出した今でも、ネージュはこの世界のことが気に入っていた。貧富の差や医療面の未発達など気になることは多々あるが、現代日本のように通信社会に囚《とら》われず、吸い込む空気も清涼な世界。前世のことを思い出して寂しくなることもあるけれど、比べて嫌な暮らしだとは思わない。

ネージュは革ブーツの音も高らかに街を歩く。王宮内にいると時間の感覚を失いがちになるから、たまにはこうして戦抜きで外に出るのも悪くない。鼻歌でも歌いたい気分で辿《たど》り着《つ》いたのは、街で一番の規模を誇る本屋だった。

何を隠そう、ネージュの趣味は恋愛小説を読むことなのだ。

恥ずかしいので誰にも言わずに過ごしていたのだが、前世の記憶を取り戻して妙に納得してしまった。オタクの自分は周囲にその正体を明かさず、細々と趣味を楽しみながら必死で女子大生に擬態して生きていたのだ。

この世界にアニメショップがあったら間違いなく週一で通ってた。

そんなどうでもいい確信を胸に、ネージュは本屋の扉を押し開ける。木造の店内は温かみに溢《あふ》れていて、高い天井に向けて本が所狭しと並べられた様は本好きにはたまらない空間と言えた。

別段文学少女というわけでもなく、ただ単に恋愛小説を好むネージュは魅力的な背表紙の数々には目もくれず、迷いのない足取りでいつもの区画へと向かう。

この世界の本は一般にも普及しており、大衆文学が今まさに活況を迎えている。恋愛小説もそのうちの一つで、庶民から貴族まで幅広い愛好者が存在する人気のテーマだ。

かなりの規模を誇る恋愛小説コーナーに辿り着いたネージュは、口元に笑みが浮かぶのを止めることができなかった。

しばらく見ないうちにスペースが広くなっている。探していた新刊は――あった。これと、これも欲しい。

ネージュは浮き足立つ気持ちを隠す気も起きず、欲しい本を片っ端から抱え込んでいく。ある程度かき集めたところで満足したものの、落ち着いたら本棚をじっくり眺めたくなった。

恋愛小説は良《い》い。読むとところとんまで癒される。お姫様と王子様みたいな王道純愛ものも良いし、悲恋は悲恋で素晴らしい。壮大な歴史ものとかミステリーものとか、狂気に満ちた愛に翻弄されるサスペンスなんてテーマも面白い。

何か掘り出しものはないかと視線を巡らせたネージュは、一冊の背表紙に目を留めた。それは好きな作家ではあるものの、今まで見つからずに諦めていた作品。

ネージュは衝動に突き動かされるようにして手を伸ばしたのだが、そのせいでとんでもない事態に見舞われることになった。

背表紙にかけた手に白くしなやかな手が重ねられる。己の節くれ立って硬くなった手とは明らかに違う、貴族の姫君然としたそれに驚いて、反射的に手を引っ込めた。

「ご、ごめんなさい！　決して触るつもりじゃ」

頼まれてもいないのに弁明を始め、そこで初めて相手の顔を確認したところで、ネージュは完全に思考回路を停止させた。

頭一つ分低い身長に、シニヨンにまとめられた艶《つや》やかな金髪。驚いたように見開かれた瞳は藤色で、その顔は女神も裸足《はだし》で逃げ出すほどの造形美を誇る。

ファランディーヌ・エミリア・グレイル女王陛下が、そこにいた。

頭の中がすっかり真っ白になって、礼を取ることすらできなかった。もしかして夢ではないかと考え、その証左を求めて視線を逸《そ》らすと、そこにはもう一度驚きを見舞う人物がいた。

シェリーもまたすっかり目を丸くしてこちらを凝視していた。到底信じられないような現実に吹き飛ばされたネージュは、最初に友が正気を取り戻すまで、その場に立ち尽くしていたのだった。

三人の乙女は今、街角の喫茶店にて顔を突き合わせている。

ネージュは先程から冷や汗が止まらない。ファランディーヌにお茶に誘われるなど、青天の霹靂《へきれき》と言っても足りないほどの事態だ。

「シェリー、私ケーキが食べたいわ」

「は。メニュー表でございます、陛下」

「エミリアと呼んでちょうだい。バレてしまったら大変じゃない」

「は。失礼いたしました、エミリア」

ファランディーヌは慣れた様子でメニューに視線を落とした。彼女の今日の服装はネージュと同じようなもので、際立つ美貌以外はすっかり店内に溶け込んでいる。

対するシェリーはロングスカートにブラウスという質素な装いだ。恐らくだが、あのスカートの中にはいくつかの武器が隠されていることだろう。

「ネージュはどうなさるの？」

「は……はっ！　私は結構でございます！」

「そんなこと言わないで、ケーキでも食べましょうよ。ここのはとっても美味《おい》しいの」

なんのてらいもない笑みを向けられてしまい、ネージュは動揺を隠せない。

どうしてこうなった。仕えるべき君主とお茶だなんて、騎士としておかしいではないか。いやでもシェリーは別段戸惑いは感じていないようだし、ファランディーヌがいいと言うならいいのか。

「タルト・タタンがおすすめよ。如何《いかが》？」

「……は。では、そちらを頂きたく」

ネージュがぎこちなく頷《うなず》いたところで、シェリーが手を上げてウエイトレスを呼んだ。タルト・タタンが三つと、ホットの紅茶が三つ。どうやらこのヒロインも店の味を堪能《たんのう》する気らしい。

「びっくりさせてごめんなさいね。お察しの通り、今日はお忍びなの。シェリーが副団長になった頃から、たまに付き合ってもらってたのよ。ね、シェリー」

「はい。男の護衛は堅苦しいからとおっしゃいましたね」

「そうなの。やっぱり女の子同士じゃないと、一緒に甘いものも食べられないんだもの」

悪戯《いたずら》っぽく笑うファランディーヌは妖精のごとき愛らしさだった。その傍《そば》に佇《たたず》む凜々《りり》しき女騎士とのツーショットは何とも絵になる。

シェリーと女王陛下がお忍びデート？　何それ尊《とうと》……じゃなくて。

ネージュは状況も忘れてしばし沈黙した。攻略キャラではなく女王陛下とデートだなんて、こんなイベントは真ルートでも無かったはずなのに。

しかも彼女らは半年前からお忍びを続けていたという。明らかにゲームとは違った過去まで現れたことで、ネージュは心臓が嫌な音を立てるのを自覚した。

何かが起きている気がする。根拠は無いが、何かとても重要なことのような。

「もしかして、呆《あき》れた？　こんな大変な時に遊んでいるなんて、って」

申し訳なさそうに笑う女王陛下に気付いて、ネージュは俄《にわか》に顔を青くした。

いけない。物思いに耽《ふけ》るあまりに、最も守るべき相手への気遣いを忘れるだなんて。

「いいえ！　このようなことならお誘い頂きたかったと、思った、だけで……ございます……」

焦るあまりに変なことを言ってしまったネージュは、勢いをなくしてしおしおと肩を縮めた。

美少女の悲しげな顔なんて見たくない。それが敬愛する君主であれば、なおさら。

「まあ、本当に？　私もね、本当はネージュを誘いたかったの。でもシェリーは幼い頃から知ってる相手だけど貴方《あなた》は違うでしょ、だから言い出しにくくて」

頰を染めてはにかむ女王陛下は、撫《な》でさすりたいような可愛さを身に纏っていた。

まさかこういう人だったとは。いつも威厳があって凜《りん》として、聡明《そうめい》な女王陛下。その佇まいは老成された雰囲気すらあって、こんな風に年相応の顔を覗《のぞ》かせる事もあるとは思いもしなかった。

「良うございましたね、エミリア。お忍び仲間が増えました」

「ええ！　とっても嬉《うれ》しいわ」

シェリーの微笑《ほほえ》みは、愛する妹を見るような優しさを滲《にじ》ませている。女王陛下と親しい事は事実として知っていたが、実際に目にすると微笑ましいとしか表現しようがなかった。

彼女たちは知らないが、本来の二人は従姉妹《いとこ》同士の間柄なのだ。ファランディーヌの父アレクシオスに人としての情さえあれば、きっと姉妹のように仲良く育つはずだったのだろう。

そう思い至ればどうにも切なくなって、ネージュは涙が滲《にじ》みそうになる瞳を伏せた。

ウエイトレスがケーキと紅茶を運んでくる。並べられたタルト・タタンは予想以上にボリュームがあって、飴色《あめいろ》になった林檎《りんご》がたまらなく美味しそうだ。

「ネージュは恋愛小説が好きなの？」

色々な感慨に襲われていたネージュは、無防備な場所からの一撃に紅茶を吹き出しそうになった。

ファランディーヌは藤色の瞳を輝かせており、騎士の動揺を察する気はなさそうだ。

「沢山抱えてたわよね。全部戻していたけれど」

「そ、それは……」

女王陛下をお待たせするわけにはいかないので泣く泣く購入を諦めたのだ。対するファランディーヌは、ネージュと同時に手にした本を嬉しそうに購入していた。

「あの本も、譲ってもらって本当に良かったの？」

「も、勿論《もちろん》です。陛下にお買い求めいただいた方が、本も喜びます」

「もう、エミリアって呼んでちょうだい。ねえ、好きなのよね、恋愛小説。そうなんでしょう？」

ファランディーヌの瞳に嘲《あざけ》りの色は無いが、それでもネージュはこの趣味を打ち明けるのに抵抗があった。

適齢期も終盤の女の趣味が恋愛小説を読むこと。日本ならそうでも無いかもしれないが、女は家庭に入るべきという考えが主流のこの世界において、かなり痛々しく映ることは間違いない。

「……実は、そうなのです」

ネージュは純粋な眼差《まなざ》しに負けて頷いた。敗北感にやるせなくなって俯《うつむ》くが、それと同時に楽しげな声が旋毛《つむじ》をくすぐった。

「やっぱり！　嬉しいわ、お忍び仲間どころか恋愛小説仲間ができるなんて！　シェリーは全然興味ないんだもの、私つまらなくって」

「つまらないとは随分なお言葉です、エミリア。趣味とは人にとやかく言われるようなものでもないでしょう」

「それでも趣味が鍛錬って流石《さすが》にどうかと思うわ。年頃の乙女として」

あれ？　引いて、ない……？

ネージュは恐る恐る顔を上げた。そこには無邪気な笑みを浮かべるファランディーヌと、少々面白くなさそうなシェリーがいる。

「ネージュ私ね、恋愛小説が大好きなの。今日買った本、貴方も読みたいわよね？　今度貸してあげるわ」

そして女王陛下がとんでもなく気さくな事を言い出したので、ネージュは慌てて首を横に振った。

「い、いえ、そのような！」

「遠慮しないで、一緒に感想を語り合いたいのよ。仲間がいるって素敵ね。ネージュは好きな作家とか、いるの？」

やや興奮気味に話す少女の姿は、完全に恋愛小説オタクのそれであった。

何から何まで意外すぎる。女王陛下の隠された趣味に対する熱意は、尊敬すら覚える程のもの。

「……さ、作家でございますか。私が好むのは、ルイ・エペーあたりですが」

「ルイ・エペー！　私も好き！　男性側の心理描写が巧みなのよ」

「男性作家ですから、そこが持ち味でしょう。ジュリエンネ・ロードなどは如何でしょうか」

「キルベリエンの冬、でしょ？　あれは良かったわ、別れる二人が切なくって、雪の描写が綺麗《きれい》で」

少女の熱気に押されておずおずと話し始めたネージュは、いつしか楽しみを得てしまっていた。

こんなふうに語り合ったのは前世ぶりで、高揚を感じずにはいられない。しかしふと視線をずらした先に仏頂面のシェリーを見つけて、盛り上がっていた二人は唐突に会話をやめた。

「ごめん、シェリー。楽しくってつい」

ひとまず謝ったものの、シェリーの胡乱《うろん》な眼差しは緩むことがなかった。楽しそうで何よりだと言ってむくれる姿は、年相応と言った様子でとても可愛らしい。

そんな臣下たちの遣《や》り取《と》りもよそに、ファランディーヌはさっそくケーキを口にしている。

「レニエのタルト・タタンはやっぱり最高だわ」

ファランディーヌがよくわからないことを言うので、ネージュは瞼《まぶた》を瞬かせた。

レニエとはネージュの姓だ。どうしてここで姓を呼ばれたのか分からず首を傾《かし》げていると、気付いたシェリーがフォローを入れてくれた。

「レニエっていうのはこの店の名前よ。カフェ・ド・レニエ。ケーキの美味しい名店」

「そういえばネージュと同じ姓ね」

女王陛下にそんなことより食べてと促されてしまったので、ネージュはフォークを手に取りケーキの端を崩した。

口に含むとタルトの生地としっとりとしたリンゴの甘煮が絡み合って、絶妙な調和を描いていく。

「……美味しい、ですね」

「良かった。ねえねえ、今日のネージュは可愛い格好をしてるのね。もしかして、デート？」

今度はケーキを噴出するところだった。むせそうになるのを紅茶でごまかしたネージュは、しかし更なる追撃に晒《さら》されることになる。

「それは私も思いました。ネージュのワードローブはスラックスが大半だった筈《はず》です」

「シェリーがそう言うなら間違いないわね。相手は誰？」

これは、あれだ。前世でもよく参加して楽しんだあれ。女子会。高貴さが臨界を突破している二人でも、年頃の乙女の話題には恋が欠かせない。

でもこの話題はネージュにとってあまりにも辛《つら》すぎた。恋愛小説を買うのに違和感がないよう必死でめかしこんできただけなのだが、何が悲しくてそんなことを言わなければならないのだろうか。

「いえ、デートなどというものでは……」

「怪しいわね。シェリー、心当たりはないの？」

「残念ながら。本当にそうなら教えてもらいたいのだけど？　ネージュ」

興味津々といった二人に押されたネージュは、尚のこと意固地になった。

何だろう、絶対言いたくない。引《ひ》く手数多《てあまた》の美少女達《たち》にそんなことを言ったら、心がポッキリと折れて二度と立ち直れない気がする。

「街に出るのにめかしこむのがそんなにおかしいでしょうか。それにシェリー、前に言ったでしょ。そんな人がいたら真っ先に相談してるって」

その一言は友にとっては抜群の威力があったらしい。シェリーは翡翠《ひすい》の瞳を瞬かせると、申し訳なさそうに肩を落とした。

「そうだったわね。ごめんなさい、調子に乗ったわ」

「ええーそうなの？　残念。恋の話が聞けると思ったのに」

ファランディーヌは不満そうに眉を下げて、石でも放るようにケーキを口に入れた。この国で最も高貴な女性にしては随分と乱雑な動作だ。

女王陛下の新たな一面をあまりにもたくさん見せられて、ネージュは曖昧な笑みを浮かべるしかなかった。


お茶の後は目的地があるとのことで、ネージュも同行することになった。

シナリオ上ここでトラブルが起こることはないし、シェリーだけで護衛の戦力としては十分だが、万が一ということも考えられる。

「今日の行き先はモンテクロ城壁でしたね」

シェリーが秋の深まる街並みを眺めながら言う。ファランディーヌもまた景色を見渡して目を細めていたが、臣下からの質問にそうだと頷いた。

モンテクロ城壁というのは、その名の通り王都モンテクロをぐるりと囲む長大な城壁のことだ。しかし国家の近代化が進み、領主間の争いがほとんどなくなった今は無用の長物と化して、市民の動線を阻む大きな障害物となっている。

「そうよ。実はね、城壁の撤去を検討しているの」

しかし予想された答えであっても、ネージュはつい驚きの声を上げてしまった。

領主との戦争がなくなったとはいっても、今はまさに重大な謀反への対処に当たる真っ最中だ。終わった後ならまだしも、今から撤去を考えているとは。

「大臣たちは何と仰《おっしゃ》っているのです？」

冷静に問いかけると、ファランディーヌはいたずらっぽく笑った。

「反対四、賛成六ってところね。でもね、もう市民たちも我慢の限界なの。市外に出るにはいちいち城門まで行かなければならないし、何より都市開発の一番の障害になっているわ。産業の発展に伴って、既に王都への移住希望者が十五万人にまで膨れ上がっているの。これ以上拡張できないのでは、困ることが多すぎるのよ」

ファランディーヌの瞳は未来を見据えていた。普通の十三歳とは比べるべくもないほど聡明な思考に、ネージュは改めて感銘を受けた。

近々「魔導車」なるものの運用計画が始動すると、国に仕える魔法使いの間ではもっぱらの噂《うわさ》だ。どうやら地球で言うところの機関車と同じものであるそれは、線路を敷くために必ず進路上の城壁の撤去を行う必要があるらしい。

おそらくファランディーヌはその計画を主導している。完了すればこの国の発展に最も貢献した国王の一人として、歴史に名を刻むことになるだろう。

「まさか、謀反が収束する前に工事を始めるとはおっしゃいませんよね」

シェリーは心配そうだった。城壁がなくなることもそうだが、危険を冒してまで王都を開こうとする女王の献身に憂いを覚えたようだ。

「勿論よ。今日はこっそり様子を見に行くの。公務として行くと、早期に壊してくれるものだと皆《みんな》の期待が増してしまうでしょう」

「そうでしたか。安心いたしました」

苦笑するファランディーヌに、シェリーが胸をなで下ろす。ネージュもほっと息をついたところで、突き当たりに城壁の姿が見えてきた。

側《そば》までやって来たところでその威容を見上げる。城壁には階段があって、誰でも自由に上に登れるようになっているため、女王は上に行くと主張した。

シェリーが手を差し出したが、ファランディーヌは目立つからと言って臣下のエスコートを断った。ネージュは美麗な女騎士が女王陛下をエスコートする光景を見てみたかったので、至極残念に思った。

中世の頃造られた石造りの階段を三人で登る。そうして得た風景は、子供の頃に見た時と違ってどこか胸を突く美しさだった。

赤い屋根が眼下を覆い尽くしており、その間を沢山の人が行き交っている。街中にテントで店を出す行商や、石畳に円を描いてその中を飛び回る子供達の姿、そして通り過ぎた馬車を追い立てるようにして吠《ほ》える犬の声。

活気に溢れた街の向こうには慣れ親しんだ王宮が見える。なだらかな山の麓に建てた王宮は背後を森に守られており、白い壁の色と紅葉した樹々の橙《だいだい》がよく映えていた。

こんなに美しかっただろうか。自身が住まい、守ろうとするこの街は。

「やっぱりここからの景色はいいわね。王宮から庭ばかり眺めるよりよっぽど好きよ」

ファランディーヌの声が朗らかに弾む。

その優しい眼差しと輝かんばかりの笑顔を見ていたら、彼女がどれほどこの国を愛しているのかわかってしまった。

ファランディーヌが懐から紙を取り出して広げる。それは市街地の全貌を記した地図で、視線を落とすなり藤色の眼差しが執務中の鋭さを宿す。

「あそこが駅の建設予定地……唯一取り壊し可能な建物があれだけ。城壁を壊すとすると、ここを半円状の道路にできる。でも山は崩せないから……」

風景と地図とを見比べながら、何事かのメモを書きつけていく。建築の専門家ではない彼女だが、都市計画の意見を述べることは当然必要なのだろう。

しばらくの間、ファランディーヌは地図と風景に視線を往復させ続けた。その様子を失礼だと理解しつつも微笑ましく眺めていたのだが、突如として遠くから響いてきた足音に、騎士二人は同時に視線を鋭くする。

何のことはない、その正体は子供だった。鬼ごっこに興じているのか、男の子二人が全力で城壁の上を駆けてくる。

一応の警戒を続けるネージュだが、三人の側に来たところで鬼役の子供が転んだ時には、流石に何かの罠《わな》かと疑ってしまった。しかしそれは杞憂《きゆう》に終わり、男の子が泣きそうな顔で座り込んだことに気付いたファランディーヌが、苦笑を浮かべて歩み寄っていく。

「あらあら。貴方、大丈夫？」

「だ、大丈夫！」

美貌の少女の前で泣くことに躊躇《ためら》いを覚えたらしい男の子は、ぐっと我慢するような顔で自力で起き上がった。鬼が追いかけてこないことに気付いた男の子も走って戻ってくる。

「ねえ貴方達、この城壁が好き？」

ファランディーヌが不意に問いかけた。子供にはその質問の意味はわからないので、素直な感情のままに答えを返してくる。

「好きだよ！　遊ぶのに面白いもんな！」

「隠れるところもいっぱいあるしな！」

快活に笑って顔を見合わせる男の子達に、ファランディーヌも見惚《みほ》れるような笑みを浮かべる。

しかし次に返ってきた言葉に、三人ともが息を呑《の》むことになった。

「でも、父ちゃんたちはなくならないと困るって」

「うちの母ちゃんも言ってた。みんなが困るのはやだな、俺」

優しい子たち。この街では、人のことを思《おも》い遣《や》る子供が育まれているのだ。

ファランディーヌは「そう、優しいのね」と微笑んで、気をつけるように伝えると彼らを見送った。彼女の横顔に女神のような慈愛を見て取って、ネージュは堪《たま》らなくなってしまった。

「これは頑張らないと駄目ね。シェリー、ネージュ。すごく大変なことが起こっているけど、私も頑張るから……どうか、私のことを支えてね」

この時、聡明で気高く常に凜としていたはずの女王陛下は、どこか寄る辺なく見えた。

子供と触れ合ったことで思い出したのかも知れない。多くの命が自身の肩にのしかかっていることを。あるいは己が既に子供時代を終えてしまったことを。

王宮に着いての別れ際、ファランディーヌは楽しげに「また三人でお茶しましょうね」と言ってくれた。

何だか恵まれすぎてバチが当たりそうな話だ。つい嬉しいと思ってしまったネージュだが、ゲームとはかなり矛盾を帯びてきた人間関係に思い至って視線を伏せた。

バルトロメイに目的を明かしたこともそうだ。意図せずとはいえこれだけ引《ひ》っ掻《か》き回《まわ》してしまって、今後に重大な影響を及ぼさなければ良いのだが。

シェリーは書類仕事を片付けると言って本部に吸い込まれてゆき、すぐ側の寮へ向かう渡り廊下に差し掛かった時のこと。

正面から歩いてきたのは、騎士服を隙なく身に纏ったカーティスだった。

ネージュは間髪入れずに敬礼を捧《ささ》げた。まさかこんなところで出くわすとは思ってもおらず、憧れの騎士との突然の遭遇に心臓が早鐘を打つ。

しかしカーティスはネージュの緊張ぶりも気にした様子は無く、何やら瞳に驚愕《きょうがく》を映してじっとこちらを見つめている。

「レニエ副団長、その服装は……」

私がスカートを穿《は》いているとそんなに変でしょうか。ネージュは遣る瀬無くなったが、顔には出さずに控えめな笑みを浮かべた。

「非番でしたので、街へ出ておりました」

「一人で、かい？」

カーティスは相変わらず呆然《ぼうぜん》とした様子だ。どうしてそんなことを気にするのかと疑問に思ったネージュは、一つの可能性に思い至って肝を冷やした。

もしかして、いよいよ不審がられているのでは。

強引に引き受けた偵察任務から始まって、この間の戦の不自然な荒天だ。魔法がもたらすには余りにも強大な雷雨は自然現象と片付けられたものの、未だに騎士団内では疑問の声が渦巻いている。そんな状況にあって不審な行動を取る者を疑うのは、彼程の実力者ならば当然のことだ。

「はい。偶然にも女王陛下にお目にかかりましたので、厳密に言えば一人ではありませんが」

ネージュは逸《はや》る気持ちを抑えつけながら小声で囁《ささや》いた。

この方に疑われることは耐え難い。最初に憧れた騎士様に敵意を向けられることを想像するだけで、胸に穴が空いたような痛みを感じる。

そんな思いを知るはずもないカーティスは、部下の答えを受けて柔和な笑みを浮かべてくれた。

「そうか、陛下に。驚いただろうね」

「はい。まさかお忍びで城下にお出ましになっていたとは存じ上げませんでした」

「私と宰相、そしてシェリーだけが知る最重要機密事項だったんだよ。ライオネルあたりが知ったらものすごい剣幕で付いてこようとするに違いないからね」

ネージュは怜悧《れいり》な美貌の騎士が必死で女子会に乱入しようとする様を想像してしまい、つい笑みを零《こぼ》した。

「そうですね。確かに想像がつきます」

「だろう?」

カーティスも軽快に笑った。騎士団長の瞳から動揺が消えたことにホッと胸を撫で下ろしたネージュは、改めて敬礼し直して見せた。

「女王陛下の秘密について知り及んだ以上、これからはよりいっそうお役に立てるよう邁進《まいしん》する所存です！」

「ああ。頼りにしているよ」

「は！」

元の姿勢へと戻ったネージュは、ふとカーティスが優しげに目を細めていることに気付いた。

一体どうしたのだろうかとじっと見つめると、返ってきたのは柔らかな苦笑だった。

「君も真面目だね。依然厳しい状況が続くが、無茶は禁物だ。何かあったらすぐに私を頼りなさい。いいね？」

何かあったらと彼は言うが、ネージュは自身の抱える秘密を話せない。信じてもらえなければその時点でアウト。間者として投獄されては、もう自由に動けなくなってしまう。

カーティスのことを責任感と思いやりに溢れた人だと思う。それでも嘘《うそ》と断じられる可能性ばかりを考えてしまうのは、自らの心の弱さゆえ。

ネージュは声が震えそうになるのを我慢して礼を述べ、去って行く広い背中を見つめていたのだった。

＊

マクシミリアンは決起の前に黒豹《くろひょう》騎士団にとある命を下した。

いわく、もし戦に敗走した場合は各個散開して任に当たる事。

まさか敗走どころか戦自体が消えて無くなるとは予想外だったものの、ブラッドリー城が押さえられた事は想定内。団員達は落ち着いており、女王騎士の追跡を振りきって各々命令を果たした。

五百人から成る集団は今は国の至る所に散らばり、仕事の機会を窺《うかが》っている。

ここは黒豹が生息するブラッドリー領の森の奥深く、獣以外は誰一人として近寄らない古びた館。その内部の食堂にて、黒豹騎士団最高幹部とその主君が一堂に会しての会議が始まろうとしていた。

進行役たる黒豹騎士団団長ロードリック・デミアン・チェンバーズは、円卓に腰掛けた面々を見渡すと重々しく告げた。

「これより黒豹騎士団最高幹部会議を始める。一同、マクシミリアン様に礼」

四人いる最高幹部全員が立ち上がり、左脇腹に右拳を置き、左腕を下へと伸ばす礼の姿勢を取る。部下たちの忠誠の眼差しを受けたマクシミリアンは、自信に満ちた笑みを浮かべて座るように手で合図した。四人の騎士は直立不動の姿勢を解いて、木製の椅子に腰掛ける。

使用することを想定して用意を整えていた館は古いながらも清潔感を保っており、家具や調度品も埃《ほこり》一つないほど磨き上げられている。自身の手配に満足を得たロードリックだったが、そんな心持ちを打ち砕くようなことが起こった。

誰よりもだらしない動作で椅子に腰を据えたイシドロが、何とテーブルクロスの掛かった円卓の上でブーツの足を組んだのだ。

無遠慮な音が鳴ったのと同時、焦茶の長髪をくくった紐《ひも》をピクリと揺らしたロードリックは、声が震えそうになるのを堪えて冷静に言った。

「……イシドロ、マクシミリアン様の御前だぞ。いい加減にその下品な態度を改めろ」

浅葱色《あさぎいろ》の瞳を剣呑《けんのん》に細め、余裕綽々《よゆうしゃくしゃく》の面構えを睨《にら》み据えてやる。上官の不興にもイシドロはまったく気にした様子がないのだが、このふざけた態度もいつものことだ。

「悪いな、ロードリックのおっさん。俺はこうしないと頭が回んねえんだ。なんせスラム時代の癖でさあ」

こいつ、おっさんにおっさんと言ったら駄目だということを知らないのか。だいたい私はまだ三十二だぞ。

ロードリックは自分本位な返しをしそうになったが、すんでのところで呑み込んだ。

堪えろ。騎士の礼節を説くのなら、無闇矢鱈《むやみやたら》と怒鳴り散らすようなところを見せるわけにはいかない。

「今のお前は誉れ高き黒豹騎士団の一員なのだと、何度言ったら理解するんだ。いいか、騎士とは常に高潔であらねばならない。人としての基本的な礼儀作法すら弁《わきま》えられぬようでは話にもならん」

「わーってるって。あんたが俺と殺し合いをしてくれるなら考えてやるって、いつも言ってんだろ?」

物騒な台詞《せりふ》がまったく冗談ではないことは、この男との長い付き合いの中でとっくに理解していた。

黒豹騎士団でイシドロに勝てるのはロードリックだけ。しかしまったく手合わせをしてやらないため、この男は常にその機会を窺っているのだ。

冗談ではない。ただでさえイシドロには迷惑をかけられているというのに、この上時間など割いていられるか。

「騎士の礼節とは、自らの望みと天秤《てんびん》にかけるものではない。望んで身に付けるものだ」

「ふーん……」

ロードリックが真面目に諭しているというのに、イシドロはというと欠伸《あくび》までかまし始めた。猫が安眠を妨害されたような態度に、冷静なはずの騎士団長の額に青筋が浮き上がる。

「貴ッ様ぁ――」

「気にするな、ロードリック。イシドロを型にはめようとしても無駄だ。許してやれ」

つい殺気を飛ばしそうになったところを制したのは、他ならぬマクシミリアンだった。

銀髪に赤い瞳の美丈夫は、復讐心《ふくしゅうしん》を封じ込めているときは寛大で良識的な主君たり得る。ここにいる全員がこの男こそが王にふさわしいと信じているのも、一人一人と向き合おうとするその真心ゆえだ。

「……は。失礼いたしました、マクシミリアン様」

「構わん。さあ、話を進めよう」

マクシミリアンは右肘を突いて掌《てのひら》に顎を乗せた。そんな姿勢でも絶対的なリーダーが持つ気品は失われず、余裕のある笑みと相まって非常に絵になる光景だ。

ロードリックは頷いて、会議の続きを行うことにした。

「まずは現在の状況について確認する。大前提としてリシャール主導で魔獣を召喚、王宮を襲撃する予定だ。リシャール、進捗はどうなっている」

リシャール・バルニエは黒豹騎士団第二位で、剣技は不得手とするも超一流の黒魔術師だ。闇の魔物すら懐柔するほどの才を持つ彼には、一点のみ困ったところがあった。

「……こ……な……。…………き…………ます」

死にかけの老人でももう少し快活に喋《しゃべ》るだろう。そう思わせる程の小声で話すリシャールは、緩くウェーブのかかった白髪を頭の上で遊ばせているのだが、実際は未《ま》だ二十五の若者だ。子供の時分にひどい目にあって白髪になったと聞いたことがあるが、とにかく会話が成り立たないので本人に確認したことはない。

「リシャール、聞こえないぞ。もう少し大きな声で話せ」

「……も、申し訳ありません。滞りなく、引き続き急ぎます」

今度は辛《かろ》うじて聞こえたものの、リシャールは蚊の鳴くような声で言うなり前髪に隠れた目元を伏せ、黙りこくってしまった。

もう少し詳しく聞きたいところだが、これもいつものことなので仕方がない。ロードリックは諦めて次に行くことにした。

「魔獣については以上。召喚の時間稼ぎと失敗した時の保険も兼ねて、王立騎士団の戦力を削《そ》いでおきたい。騎士団本部への襲撃に名乗りをあげる者はいるか」

「はいはい！　ロードリックさん、僕に行かせてください！」

快活な笑みと共に手を挙げたのは、第三位たるミカ・フルスティだった。

ミカは十六という若年ながら風魔法を得意とする実力派の騎士だ。薄青の髪と若葉色の瞳は丸みを帯びた顔立ちを更に優しく見せ、その笑顔は天使のように愛らしいと領民にも評判だ。

ただし彼の好意が向けられるのは、マクシミリアンにとっての味方のみに限られる。

「この間の戦では奴《やつ》らの首を落とせずに残念でしたから。女王の犬ども、今度こそ息の根を止めてやります。マクシミリアン様の覇道を邪魔する愚か者に、生きる権利なんてありませんよ」

天使の如《ごと》き笑顔で放たれた物騒すぎる台詞に、流石のロードリックも動きを止めた。

怖い。この子本当に怖い。

マクシミリアンを敬愛しているのはいいのだが、もはや盲信の域に入っている。この少年を放っておくと重大な問題が起こる気がして、ロードリックはいつも肝を冷やしているのだ。

「……ミカ、わかっているのか。マクシミリアン様は女王騎士達の死は望んでおられないのだぞ」

「だからといって別に殺しちゃダメなわけじゃないでしょう？　だったら死んだ方がすっきりしていいじゃないですか。ね、マクシミリアン様」

話を振られたマクシミリアンは苦笑をこぼすと、ミカに向かって諭すように話し始めた。女王騎士を惨殺してしまっては民の反感を買うし、他にも政治的問題を呼び込みかねないのだと。

「必要なら構わんが、必要ではないなら無闇に殺しては駄目だ。いいな、ミカ」

「は！　承知いたしました、マクシミリアン様！」

マクシミリアンに対しては全てが二つ返事である。ロードリックは頭を抱えたくなったが、これもいつものことなので放っておくことにした。

まったくもってここは珍獣の集まりだ。我が君は何故《なぜ》こんな人材を登用したのか理解に苦しむが、実際の理由は頭では解《わか》っている。

幼少の頃から付き従うロードリック以外、彼らは全員が拾われ者。人格に問題は多々あれど、マクシミリアンに恩義を抱き、己の力を役立てる為《ため》に磨いてきた忠臣だ。

この主君は徹底した実力主義でありながら、臣下の心もよく理解している。だからこそ謀反という暴挙に出た今となっても、彼らは誰一人として離れていくことはなかった。

「俺も行くわ」

イシドロが卓上に足を乗せたまま悠々と宣言した。この男が強敵と戦う機会を逃すはずが無い。

「はあ？　イシドロさん、付いてこないで下さいよ。僕、貴方みたいな野蛮人と仕事なんてできません」

主君に対する朗らかな笑みを消し去ったミカが、氷の眼差しでイシドロを睨みつける。この二人は出会った瞬間から水と油なのだが、イシドロの方は適当なもので、子供が苛立《いらだ》っているくらいにしか思っていない。

「知らねえよクソガキ。俺は行きたいところに行くだけだ」

「ふざけないで下さい。マクシミリアン様に礼を尽くせない人なんて、僕は認めませんから！」

「何キレてんだ？　お前、ちょっとは迫力ってもんを身につけた方がいいぜ」

「……余程死にたいようですね。剣を抜いて下さい、イシドロさん」

「へえ。しゃあねえ、どんくらい強くなったか見てやるよ」

ミカが怒り心頭に発するといった様子で立ち上がる。それに対してイシドロが小馬鹿にしたような笑みを浮かべたところで、リシャールが何かを囁いたが聞こえなかった。恐らくは止める言葉だったとは思うが、何せこの男は声が小さいのだ。

殺気をみなぎらせた好戦的な二人と、おろおろと両手を彷徨《さまよ》わせる黒魔術師、そして微笑ましげな表情を崩さない主君。

駄目だこれは。こいつらには任せておけない。騎士団本部の襲撃などという重大任務、自分が出なければどうにもならない。

笑える程にいつもの光景を前にして、ロードリックはこう思った。

もうやだ胃が痛い。団長なんてやめてやる。

第五章　貴方《あなた》のおかげで騎士になれた

休日を終え、束《つか》の間《ま》の日常が戻ってきた。

黒豹《くろひょう》騎士団の行方が知れない以上、追跡に駆り出された者以外はいつものように過ごすしかない。ネージュは訓練場にて、今日も今日とて部下たちに稽古をつけていた。

訓練中の騎士は軽装で、ネージュもその例に漏れない。髪は黒の紐《ひも》でくくり、焦茶のズボンに襟なしの白いボタンシャツ、防具は胸当てを装着するのみだ。

ネージュは編み上げのブーツで地面を蹴って、ガラ空きになった相手の胴体に拳を繰り出した。細い拳は正確にみぞおちのすぐ横を射貫《いぬ》き、歳若《としわか》いマルコは失神だけは免れたものの、地面にくずおれて大きく咳《せ》き込《こ》んでしまった。

「うわ……！　ごめんマルコ、大丈夫？」

ネージュは慌ててマルコの肩を抱き、背中を撫《な》でてやった。二人の周りに集まってきた騎士の一人、ネージュよりも五歳上のアルバーノが呆《あき》れたような声を上げる。

「副団長、いちいち倒れた奴《やつ》を気にかけなくていいんだって」

第二班班長アルバーノは平民出身だ。体術と剣術はネージュに勝るとも劣らない実力を持ち、こうして稽古にも付き合ってくれる。

「そうはいかないよ。ひどい怪我《けが》かもしれないんだから」

ネージュには弱っている人を放っておけないところがある。

過酷な環境で育った幼少期と、前世を平和な日本で過ごした習い性なのかもしれない。訓練においてはある程度仕方がないと自覚した今になっても、その考えは捨て去ることができないのだ。

「それをやられるとわざと倒れる輩《やから》が出てくるんだよ。ご自覚がおありで？」

「え、ごめんどういうこと？」

副団長の甘さにつけ込んでサボる者がいるということだろうか。いやでも、優秀な部下たちにそんな卑怯者《ひきょうもの》はいないはずだが。

「……わからないならいいや。おいマルコ、立てるか？」

アルバーノはため息混じりにマルコの肩を叩《たた》いた。まだ少年の域を抜け切らない年若い騎士は、青い顔をようよう上げつつも咳《せき》が止まらない。

「人を、仮病扱い、するなんてひどいですよ、班長」

「そんだけ喋《しゃべ》れるなら大丈夫だろ。おら、隅で座っとけ」

貴族の子弟相手にも実力派騎士は容赦がない。首根っこを掴《つか》まれるようにして立たされたマルコは、謝罪と礼をネージュに向かって繰り返しつつ、よろめきながら訓練場の隅へと引き上げていった。

彼らはゲームにおいては名もなき存在だ。しかしそんなことは関係なく、ネージュにとっては誰もが等しく大切な部下であり、未来ある大切な命でもある。彼らがいてくれるから、自身もまた騎士として立つことができるのだ。

真ルートの最後、魔獣から民を守って死んでいった彼らの姿を思い出す。

そんなことには絶対させない。ネージュは暗い記憶を無理やり消し去って、周囲に集まった部下たちに向かって明るく言った。

「次は魔法の訓練を行う！　鍛錬の成果、見せてもらうよ！」

返ってきた返事は活気に満ちていた。

頼もしい騎士達《たち》。彼らの努力と存在そのものが、どれほど心強く支えてくれていることか。


訓練を終えたネージュは賑《にぎ》やかな騎士団本部の食堂にてチキンフライのセットを堪能《たんのう》していた。

その向かいに腰掛けるのはバルトロメイで、歴戦の英雄たる騎士が選んだのはステーキランチだ。齢《よわい》六十にしてこの食欲、だからこそ彼を衰え知らずの実力者たらしめるのだろう。

「訓練はどうだった、ネージュ」

「状況が状況ゆえに、皆《みな》士気が高いです。着実に力をつけております」

「それは、お前もか」

その質問が膨大すぎる魔力へのものだと知って、ネージュは肩を縮めて首を横に振った。

一人きりの森での訓練で力のコントロールは身についてきている。これまでと同じ出力で魔法を放つことができるようになったのは、成果としては大きいように思う。

しかし今までは扱えなかったような大魔法や、土属性以外の魔法は別だ。一朝一夕で身につくものでもないと知ってはいても、遅々として進まない状況に焦《じ》れているうちに時間が過ぎていく。

そんなわけで今のネージュは魔力はとんでもない量を秘めているものの、使う魔法は大して変わらないという拍子抜けするような状態に陥っているのだ。

「難しいものだな。久しぶりに私が見ようか」

「いいえ、ガルシア団長は巡回でお忙しいですから。私も巡回を強化しようと思います。ネズミ一匹通しはしません」

巡回という騎士による業務の一環に聞こえるだろうが、二人の間の認識は違う。

この小休止的日常において時間稼ぎをするべく襲いかかってくるのは、黒豹騎士団第三位ミカ・フルスティ。いつ来るかわからない大物を控えて、その事実を知る二人だけが重苦しい緊張を抱いている。

しかもそれより前には彼の手による密偵が送り込まれる予定だ。ネージュとバルトロメイはそれぞれ警戒に当たっているのだが、今のところ網にかかる気配はない。

「私もそうしよう。いつ敵の襲撃があってもいいようにな」

「はい。気を引き締めねばなりませんね」

「そうピリピリするな。うまく心身を休めねば、肝心な時に力が発揮できんぞ」

バルトロメイが優しい眼差《まなざ》しを向けてくる。しかしネージュは上司に頷《うなず》きながらも、内心ではとある決意を固めていた。

ゲームにおけるミカの襲撃はルート分岐前最後の戦いだ。そして真ルートに入った場合のみ、この戦いでフレッドが命を落とすことになる。バルトロメイにも伝えてあるのだが、だからといって二人して四六時中フレッドに張り付くわけにもいかない。

フレッドを守らなければ。たとえどれ程の無茶をしたとしても。

決意も固くバルトロメイと別れて食堂を出たところで、ネージュは今まさに思い浮かべていた相手と遭遇した。

「よお、ネージュ！　お疲れさん」

どうやら入れ違いで昼食を取りに来たらしい。フレッドは濃紺の騎士服を隙なく着込んでいて、どうやら何かしらの対外的な仕事をしていたらしいことが察せられた。

今は彼の上司であるハンネスが、ライオネルと共に黒豹騎士団の捜索隊を率いている。よって副団長に全ての雑事が降りかかっているのだ。

「南地区の屯所に顔出してきたんだ。区長が見分するって言うからさ」

「それはお疲れ様。何か変わったことは無かった？」

一応尋ねてみたものの、フレッドはあっさりと首を横に振る。

「いいや。街の様子も変わり無いな。こんだけの争いが起きてても、平和なまんまだ」

平和を享受する人々を語る彼の瞳は、優しい輝きに満ちていた。

フレッドは平和を守りたいという純粋な動機だけで騎士になったという高潔な人物だ。チャラチャラしているせいでその精神は隠れがちだが、尊敬すべきところの大いにある立派な騎士。

「そういうところをシェリーに見せればいいのにね」

苦笑気味にそう述べたら、フレッドは照れたように頬をかいている。

「そういうところってどういうところだ？」

「そういうところ、だよ」

ネージュは含み笑いを浮かべて、友の心臓のあたりを拳で軽く小突いてやった。フレッドはまったくピンときていない様子で、首を傾《かし》げるばかりだ。

「よくわかんねえけど……なあ俺さ、ネージュ。シェリーに死んでほしくないんだ。女王陛下に捧《ささ》げた命だけど、いざとなったら体が勝手に動くかもしれない」

その言葉には、ネージュも蒼白《そうはく》にならざるを得なかった。

「この政争はさ、何があってもおかしくないだろ。俺にもしものことがあったら、その時は頼むよ」

――や、やめろおお！　死亡フラグを立てるんじゃない！

ネージュはすっかり失念していた。

この男はハンネス亡き後第二騎士団団長に就任するはずだった。史上最年少の団長となったフレッドは、切り込み隊長の地位をも継承して無茶をしまくるのだ。

副団長としての彼も当然そうした資質を備えている。やはりミカの襲撃においては何が起こるのか分かったものではない。

ぎこちなく頷いたネージュに、フレッドは伊達男《だておとこ》たる爽やかな笑みを浮かべて見せた。

ミカ・フルスティの襲撃は、大胆にも王立騎士団本部に対して行われる。

王立騎士団を荒らして拠点の探索を妨げるのがその目的。ちなみにこの拠点だが、ゲームでは正確な場所が明かされなかったためネージュに探す術《すべ》はない。

ミカの方は上空から好き勝手に攻撃をした上、転移魔法を使って拠点に瞬間移動するだけなのだから簡単なお仕事だ。こちらはいつ何時来るかわからない襲撃に緊張をみなぎらせているというのに。

そんなわけで、ネージュは深夜である現在、静まり返った騎士団本部の屋根の上に立っていた。

当然周囲には警備の騎士がいるため隠しの魔法で姿を消している。服装は訓練時と同じでも、外《がい》套《とう》の下に磨き抜かれた愛刀を佩《は》いて準備は万端だ。

夜間の見張りを行っていることに関しては、実はバルトロメイにも相談していない。何故《なぜ》なら無理のある仕事量であることは明らかなので、止められること間違いなしだからだ。

鱗《うろこ》型《がた》の瓦屋根を踏んで足場を確かめる。昨日既に一人の密偵を捕らえて城外に叩き出しておいた。透明人間からの攻撃には、何が起きたのか自覚すらできなかったことだろう。

ゲームにおいて、王立騎士団は密偵を取り逃がすしかなかった。隠しの魔法というやっかいな代物のせいで、この世界の情報戦はあってないようなものなのだ。

しかし人智《じんち》を超えた魔力を持つネージュはその理《ことわり》の外にいるため、向こうが隠しの魔法で姿を隠そうと、高密度の探知結界を張ることによってその来訪を察知できる。

ただしそれも起きている時のみ。ここ三日の徹夜によって、ネージュの体力はそろそろ限界を迎えようとしていた。

「きっつい……」

投げ出した独り言には疲労が滲《にじ》んでいた。冗談抜きで頭がクラクラする。これでは本当にミカの襲撃時には昼寝をしていて気がつかないかも。

二度目の密偵は来ないとするべきだろうか。しかし熱狂的なマクシミリアン信者であるミカなら、密偵が不思議な力で城外に跳ね飛ばされたことによって余計な苛立《いらだ》ちを抱いた可能性がある。

立った姿勢にもかかわらず落ちそうになる瞼《まぶた》を必死で開けようとした、その時のことだった。

強大な結界が澄んだ鐘の音を届け、侵入者の存在を知らせてくれる。備蓄を確認する気なのか、場所は食料庫近くの地下通路だ。

ネージュはその現場に急行した。マンホールに擬態した出口の外で待ち伏せをして、密偵が顔を覗《のぞ》かせた瞬間に短く呪文を唱える。

「……つむじ風」

作り出された風の渦が密偵を巻き込み、城の外へと吹き飛ばしていく。コントロールができないのでその方向と規模は完全なデタラメだが、まあ死んではいないはずだ。

されるがままの人影を見送ってから、ネージュは疲れた体を引きずり寮へと向かった。

そんなことが更に数日続いた。密偵はどうやら別の人員を次々と送りこんでいるようで、一向に士気が低下する様子がない。彼らを吹き飛ばした後に眠るだけでは到底足りず、こちらは寝不足のピークを迎えているというのに。

しょぼしょぼする目をこすりながら必死で本部の屋根の上に立つと、ミルクティー色の髪がなびいて額を撫でた。寒くないよう外套を着込んでいるものの、秋の夜風は着実に騎士の体力を削る。

長い時間を経て今日もまた結界が鐘の音を響かせた。ネージュは今度の侵入地点が南側の城壁であることを確認して、間髪入れずに走り出す。

密偵はやはり城壁を登っていた。隠しの魔法が考案されていない頃の古典的な手法だが、ことごとく失敗したことから試す気になったのだろう。

石を積み上げげた城壁の上、ネージュは容赦なく呪文を唱えた。優秀な密偵は声を上げることもなく風の渦に巻き込まれて飛んでいく。

なんか気の毒になってきた。

そんな感慨を得てため息をついたネージュは、すっかり油断してしまっていた。だから背後から急に気配が現れても、すぐには現実のものだと判断できなかったのだ。

「やあ、そこにいるんだろう？　王宮の守護者殿」

馴染《なじ》み深い低音が耳朶《じだ》を打つ。ネージュは瞬時に体を強張《こわば》らせて、我が身に降りかかった危機に顔を蒼白にした。

「姿を見せてくれないか。何、悪いようにはしない。私はただ君が何者か、どうして我々に手を貸すようなことをするのか知りたいだけなんだ」

真夜中の訪問者が告げる言葉は耳に馴染んで柔らかかった。しかしそこに絶対的な強制力を感じて、ネージュは全身の肌を粟立《あわだ》たせる。

この方はやはり頂点たるお方なのだ。声だけで人を従わせることができる程の人物を、己は愚かにも謀《たばか》ろうとしたのだ。

ネージュは隠しの魔法を解かないままゆっくりと振り返った。城壁の上で夜風を浴びていたのは、他でもない騎士団長カーティス・ダレン・アドラスだった。

端整な顔に苦笑が浮かんでいる。カーティスは夜の闇の中で深みを増した空色でまっすぐにネージュを射貫いたかと思えば、残念そうに肩をすくめて見せた。

「……駄目なのかい？　残念ながら君がそこにいるのはわかっている。どれ程精度が高い隠しの魔法を使おうと、人の気配はそう簡単に消せるものじゃない」

カーティスはたった一人、武器すら持たずにそこにいた。まるで見ず知らずの不届き者を安心させるかのように。

透明な背中を冷や汗が伝う。危機的な状況にあって、頭がまともに働かない。

「魔法を解いてくれたら悪いようにはしない。けれど、逃げるなら……私は今後、君を敵とみなす」

氷のような声音に、ひゅ、と喉の奥が鳴った。

この方に疑われることは耐え難い。敵を前にした苛烈な瞳を向けられただけで、胸に穴が空いたような痛みを感じる。

しかしネージュはこの場から逃げることができるのだ。目的を遂げることを望むなら、これ以上の危険は冒すべきではない。

「それでも、姿を見せてはくれないのか」

カーティスの瞳が切なさを含んだように見えた。逃げなければと思うのに、足が縫いとめられたように動いてくれない。

「君は私の敵か？」

無意識のうちに首を横に振る。違うと、そんな筈《はず》がないのだと、ネージュは頭を下げて許しを請いたいと思った。

「君はまだそこに居るのに。そうなんだろう？　レニエ副団長」

それはいつもの、優しげな騎士団長の声だった。驚きを受け止めきれなかった頭が真っ白になって、握りしめた拳が震えだす。

どうして知っているのですか。知っているのにどうして、そんなに優しい笑みを浮かべてくださるのですか。

もうわけがわからない。わからないけれど、一つだけ確かなことがある。

カーティスがどれ程に優しく公平な人かだなんて、出会った時から解《わか》っていたのに。信じられなかった自分は、どうしようもない臆病者だ。

ネージュは隠しの魔法を解いた。透明だった体に色が戻って、黒の外套を纏《まと》った女騎士の姿を夜陰に輝かせる。わずかな驚きを示したカーティスは、すぐに親しげな笑みを浮かべて、良かったと呟《つぶや》いたようだった。

その穏やかな笑顔も昔から少しも変わっていなかった。緊張から解放されたことによって全身から力が抜け、代わりに彼との出会いの記憶だけが鮮明になる。

連日の激務による疲労に支配されたネージュは、思い出を見詰めながら目を閉じた。

幼い頃の記憶には、いつも曇り空が付きまとう。

ネージュは親のいない捨て子だ。王都モンテクロの孤児院で子供時代を過ごしたが、その環境は散々なものだった。

躾《しつけ》と称して鞭《むち》で子供達を痛めつける院長に、一日一度しかない食事。栄養状態は常に下限を彷徨《さまよ》っていて、病を得た者から順に死に誘《いざな》われていく。

皆が中年男の院長の機嫌を損ねないため必死で家事をこなした。奴に毎朝酒を献上するのはいつも腹立たしかったけれど、仲間達に手を出させないためには必要だった。

そんな時、見上げた空はいつも曇っている。自身の心を映すようで、ネージュは見るたびに暗い気持ちになった。

そうして痛めつけられるばかりの子供時代を過ごし、十三歳の誕生日を迎えた初夏の夜、事件は起こる。

明日になったらこの孤児院を出る。朝日が待ち遠しいと思ったのは、生まれて初めてのことだった。

誕生会は楽しかったな。まさか皆がケーキを用意してくれるなんて思いもしなかった。お腹《なか》が空《す》いていただろうに、お小遣いを貯《た》めてまで。

ネージュは笑みをこぼしながら、くたびれた麻の鞄《かばん》に少ない着替えを詰めていく。準備はすぐに終わって、同時に不安が襲いかかってきた。

残していく子供達の事を考えるとどうしようもなく心が沈む。ネージュは皆のお姉さん的存在で、自分がいなくなったら彼らがどうなるのか、考えるだけで恐ろしかった。

けれどネージュは無力だ。幼い子供達に、ここにいるより死から遠い生活を保証することなんてできはしない。

理不尽だと、そう思う。どうしてこんなに憤りを感じるのだろう。子供という生き物はもっと愛を受けて育つべきで、自分はそんな環境を知っているような気がする。

妙な妄想に取り憑《とつ》かれたことに気付いて、ネージュは首を左右に振った。

明日は早いのだからもう眠らなければならない。しかしベッドに入ろうとしたところで、部屋の扉がゆっくりと開き始めた。

鼻をつく酒精のおかげでその正体はすぐに知れた。闇の中で肥え太った醜悪な男の姿を認めたのも束の間、ネージュは口を塞がれてベッドに背中から押し付けられてしまった。

「よう、ネージュ。起きて待ってたのかあ？」

院長のマンテレに耳元で囁《ささや》かれて全身が総毛立つ。突然の事態に混乱しながらも、ネージュは覆いかぶさる男を睨《にら》み据えた。

憎しみのこもった視線にも動じることなく、マンテレは下卑た笑みを浮かべている。

「お前はどの子供よりも利口でクソ生意気だったな。大人になるのが楽しみだったよ」

その台詞《せりふ》に自らが直面した窮地を理解したネージュは、両足をバタつかせて大暴れを始めた。

しかし少女の力など大人の男には及ばない。両足に太った男の体重がかかり、腕は頭の上で拘束されてしまう。

「放せ！　こんなことしていいと思ってるのか、このクソジジイ！」

「ちっ。大人しくしろ、下品なガキめ。どうせ一度きりだ、せっかく育ててやった俺に恩返しくらいして見せろ」

吐き気のする理屈をこねながら、マンテレの手が頬を撫でる。その感覚に嫌悪感を噴出させたネージュは、必死で身を捩《よじ》りながら抵抗した。

「ふざけるな！　あんたに育ててもらったつもりはこれっぽっちもない！」

「ふうん、やっぱりお前は恩知らずだなあ。ちょっとは姉貴たちを見習ったらどうなんだ」

ネージュは凍りついたように動きを止めた。今こいつはなんと言った。姉貴たち？　今はもうこの孤児院を出た仲間のことを、どうして。

「あんた、まさか」

顔を白くして問いかけるネージュに、マンテレはおかしくてたまらないという顔をした。

「ああそうさ。お前の姉貴たちは、ちょっとなぐったら皆従順になったぜえ？　お前はどうだろうな」

頭の中が瞬時に赤く染まった。これほどの怒りを感じたことは、今までの人生で一度もなかった。

こいつ。こいつこいつこいつ！　よくも、皆を……！

一つ年上の友人は、旅立つ朝に目を腫らしていた。寂しくて泣いてしまったのだと彼女は言った。その一つ上のあの子も。あの子も、あの子も。

許さない。絶対に、許してなるものか。

心が燃え、全身の血が逆流する。それと同時に琥珀色《こはくいろ》の瞳が輝いて、枯れ枝のような身体《からだ》に力がみなぎっていく。

目の前の醜い大人が憎くて仕方がなかった。こんな理不尽がまかり通るこの世の全て、呪っても呪っても足りない。

地鳴りのような音が聞こえた気がしたが、それは空耳か、魔力によるものか、それとも来訪者たちの足音だったのか。

部屋の扉が吹き飛んだのはあまりにも突然の出来事だった。

あっけにとられているうちに体の上を青い炎が通過して、のしかかっていた不快な重みが消えて無くなる。ネージュは恐る恐る顔を巡らせて、今まさに入室してきた背の高い男の存在を認めた。

ダークブロンドの髪に空色の瞳。夜陰においても美しいその色は、端整な面立ちを品良く彩っている。男は青い炎を纏った剣を振り払って、床に転がったマンテレに冷徹な眼差しを据えた。

「ブルーバレイ孤児院院長、マンテレ。貴殿を麻薬法違反と児童暴行の疑いで逮捕する」

深みのある低音が暗く淀《よど》んだ室内に響く。ネージュは呆然《ぼうぜん》としたままベッドに横たわっていたのだが、彼が騎士であることに気付いてさっと上体を起こした。

この紺色の騎士服は間違いなく王立騎士団のものだ。子供達の絶対的な憧れ。忠実なる国王の騎士。

部下らしき騎士達が気絶した豚を運び出すかたわら、空色の瞳の騎士がネージュに向かって歩み寄ってきた。

「君、大丈夫かい。怪我は？」

大きな手のひらが差し出される。高貴な騎士様に触れるには自分の手はあまりにもみすぼらしくて、ネージュは両手をぎゅっと握りしめた。

その行動を勘違いしたのか、騎士が痛ましげに眉を寄せる。彼は主君にするように片膝をついて、極めて優しい言葉で少女を労《いたわ》った。

「すまないね、驚かせるつもりじゃなかった。君の涙を拭いてあげたいだけなんだ」

涙。その単語は違和感しか喚《よ》び醒《さ》まさなかったが、ネージュはふと自分の頬に触れてみた。そこに雫《しずく》の存在を確認して、ようやく安堵《あんど》が押し寄せる。

強がってみても本当は怖かった。助けてくれたのだ。地獄のような状況から、この人が。

「な、何にも、されてない。さっきみたいなのは、今が初めてだったから。……大丈夫」

か細い声でようやく返事を返したネージュに、騎士はほっと息をついたようだった。手袋を纏った大きな手が伸びてきて、濡《ぬ》れた頬を拭っていく。

「勇敢なレディ。私が扉を開けた時、君は魔法を発動させようとしていたね。本当なら一人で何とかしてしまったのかもしれないな」

しかし彼の紡ぐ言葉は意味がわからないものだった。

魔法とはごく一部の人間にしか使えない特別な力。貴族の子弟ならば魔法学校に進み、王宮魔法官などの関係職へと就く。中でも騎士は憧れの職業で、全ての民から尊敬を集める最高の存在だ。

「……魔法？」

ネージュがぼんやりと復唱するので、騎士は信じられないとばかりに目を見張った。少女の涙を拭き終え、手を離しながら言葉を選び問いかけてくる。

「まさか、自分に魔力があることを、知らないのかい？」

「知らない。そんなもの持ってないよ？」

「そうか。どうやら君は、よほどの環境で育ってきたようだね」

空色の瞳が複雑な色を映して陰っていた。憐憫《れんびん》と怒り、遣《や》る瀬無《せな》さ、そして失望。負の感情ばかりが宿っていても、彼の目は美しかった。

「すまないね。私達の力が及ばないせいで、苦しんでいる人が沢山いることは知っている。あともう少しだから……許して欲しい」

その時の騎士の言葉は、ネージュにとってまったく訳のわからないものだった。何故か悲しい瞳で許しを乞うてきた彼に胸が痛んで、わざとらしい程に明るい笑みを浮かべて見せた。

「何を許すの？　あたし、貴方に助けてもらったのに。ありがと、騎士様！」

ベッドの上に座ったまま頭を下げて、再び上げたその時のこと。彼はその瞳を泣きそうに細めたように見えたが、それは瞬きの合間に消え去るほど一瞬の出来事だった。

「ねえ、騎士様。ここはどうなるの？　行く当てのない子供がたくさんいるんだ」

お願い、助けて。あの子達に死んで欲しくない。

ネージュは必死の思いを込めて彼を見つめた。少女の嘆願に思うところはあったようで、美しい騎士は安心させるように微笑《ほほえ》んで、ネージュの頭を撫でてくれた。

「君はとても強いね、勇敢で優しいレディ。大丈夫、全て私に任せておきなさい」

子供に優しく博愛精神に富み、高潔で凛々《りり》しい騎士の中の騎士。ネージュは眩《まぶ》しいその姿から目が逸《そ》らせないまま、嬉《うれ》しくなって微笑んだ。

騎士になりたい。この人みたいになりたい。

憧れが胸を焦がす。ネージュは何のためらいもなく、そんな夢を抱いたのだ。


その後は孤児院ごと王立騎士団に保護されることになった。

この国が荒れている事は幼心に理解していたし、孤児院の環境なんてどこも同じようなものだと思っていたのだが、どうやら麻薬の売人だった院長のせいで特別ひどい事になっていたらしい。その院長マンテレはというと、その後は更なる罪状が表沙汰になって、裁判の後に死刑に処される事になる。

心優しく面倒見のいい騎士様は、名をカーティス・ダレン・アドラスと名乗った。

カーティスはネージュに学校に通うための援助を申し出てくれたが、それは丁重にお断りした。そんな迷惑はかけられないし、何より落ち着くまで孤児院に残って子供達の面倒を見てやりたかった。

カーティスが第一騎士団副団長を務める偉い人だと知ったのは、彼が去ってからのこと。どたばたの一夜を終えて見上げた空の色は、かの騎士の瞳と同じ色をしていた。

その後の半年間、ネージュは孤児院で働いた。新しく来た女性の院長はいい人だったが、カーティスとあれきりになったことは少しだけ寂しかった。

孤児院が落ち着いてからは兵士として国境警備の任につき、試験を経てようやく十六で騎士団に入った時、カーティスは既に王立騎士団長に就任していた。

貴方のおかげで騎士になれたと礼を伝えたかったが、それは土台無理な話。いくら自身が騎士になったと言っても、騎士団長閣下と新米では天と地ほどの差があり、おいそれと声などかけられない。そもそもカーティスが過去に救った平凡な少女のことなど覚えているはずもなく、よく考えたら思い出して欲しくないような気もした。

あの時の自分は敬語も使えない子供だった。品がなくて無礼で無教養で、薄汚れた身なりの貧相な子供。

そんな過去を知られたら、むしろ恥ずかしくて死ぬ。ネージュは一人納得して、この思い出を誰にも話さずしまっておくことに決めたのだ。

＊

携帯ゲーム機を持つ手が震えていた。視界が滲んでエンドロールが見えず、乱暴に取り出したティッシュを目に押し当てる。

なんて悲しい、けれどなんて心に残る物語なんだろう。私も彼等《かれら》と共に戦えたら良《い》いのに。騎士になってこの人達を守って、全員が生き延びるエンディングを見る事ができたら良いのに。

大学生にもなってそんな事を考える。それ程に愛おしいキャラ達、重苦しくも美しい物語。

もしもこの願いが叶《かな》うなら、私は。

「ご飯よー」

階下から呼ぶ声が聞こえて、はなをすすりながら立ち上がる。

目を真っ赤にしてダイニングに現れた娘に母は一瞬目を丸くしたが、すぐに苦笑して茶碗《ちゃわん》を手渡してくれた。

「そんなに良かったの、新しく買ったゲームとやらは」

「控えめに言って最高だった。悲しすぎて死にそうだけど……」

「あらそう。そこまで夢中になれるものがあるって、幸せねえ」

からからと笑う母は娘の傷心など意に介さないと言わんばかり。そのさっぱりとした態度はいつものことだ。

「お母さんはないの、夢中になれるもの」

「あるよ？　お母さん業、かな」

お母さん業、か。大変そうで楽しそうで、まだまだ自分に置き換えて考えるには難しい素敵な仕事。

母のことが大好きだ。そう言ってのけるところも含めて、最高にかっこいい自慢のお母さん。

「今日のご飯何？　お母さん」

「ハンバーグ。あんたもたまには手伝いなさいよ」

「ゲームがないときは手伝ってるもーん」

呆れ半分に差し出された皿には大きなハンバーグが載っていた。その味を食べられなくなるなんて、その時は思いもしなかったのだ。

＊

懐かしい夢を見てしまった。

ぼんやりとした視界を拭うと、その途端に明確になるのは寮の見慣れた天井で、ネージュは人知れず苦笑を漏らした。

前世の自分は「女王陛下の祝福」に感激するあまり、騎士になりたいとまで思っていた。よくあるオタクの妄想だ。

ちょっと変わった趣味を持つ娘を決して馬鹿にしなかった母。事故で急死した後はきっとすごく泣いただろう。

そういえば、神はなんでも一つ願いを叶えてくれると言っていた。なんでもというのは、前世に戻して欲しいという願いでも可能なのだろうか。

ネージュはその甘言について考えたことがなかった。動かなければ自分が死ぬ上に、周りの親しい人まで命を落としてしまう。そんな状況にあっては褒美があってもなくても行動を起こさない方がどうかしている。

　神が願い事を叶えると言ったのは、ネージュにとって関係のない敵方や、更には大勢の人々まで救えと命じるためだろうか。それにしたって、どうしてそこまで命が失われないことにこだわる？

　わからない。もし前世に戻ることができたとしても、ネージュは必ず迷うだろう。前世も今も、周囲の人たちのことを慕わしいと思う。

　考えても答えが出ないのはいつものことだったので、ネージュは暗い気分を振り払うように伸びをして起き上がった。ふと視線を滑らせると、壁に掛けられた時計が示す時刻は正午過ぎ。

　ネージュは盛大に動きを停止させた。

　いやいや、そんなはずはない。自分には仕事があるのだから、この時計を信じるなら大寝坊をしたことになる。

　そこまで思い至ったところで昨夜の記憶が蘇《よみがえ》ってきた。

　服装を見れば昨夜と同じスラックスとシャツ。カーティスは騎士を目指すきっかけになった大恩ある相手だというのに、そんなお方の目の前で気絶したばかりか、状況を読み解くならばここまで運んでもらったことになる。

　えっと、うん、夢だね！

　ネージュは即座にそう断じた。混乱する頭は思考を拒否し、この信じがたい現実を都合のいい方へと導こうとする。

　そうだ、あまりの眠気に部屋に着いた途端に気を失って、妙な夢を見ただけだろう。バレたところから夢だったんだ、そうに違いない。

ネージュは自分に言い聞かせるように頷くと、青ざめた顔のままベッドを出ようとした。

何はともあれ仕事をサボってしまったことは間違いない。早く状況を確認して、皆に謝らなければ。

そこで部屋の扉が控えめなノックの音を響かせた。ネージュは何事かと高鳴る心臓を抑えて、恐る恐るドアノブをひねる。

訪問者の正体は麗しきヒロインだった。シェリーはネージュの姿を認めるなり翡翠色《ひすいいろ》の瞳を緩ませて、良かったと溜息《ためいき》をついた。

「ネージュ、起きていて大丈夫なの？　アドラス騎士団長閣下から、倒れたって聞いて……」

昼休みに様子を見に来たの。そう続けた親友の言葉は、もはや脳内を素通りして行った。

カーティスがそう述べたということは、つまり。

昨夜の記憶が本物だとの確信により、全身から血の気が引いていく。そんなネージュの様子にシェリーは目を見張って、肩を支えるようにしてくれた。

「ねえ、すごく顔色が悪いわ！　無理して起きてこなくて良かったのに……！」

心配そうに叫んだシェリーが室内へと誘導してくれる。されるがままにベッドの端に腰掛けると、友は銀色の柳眉をますます下げた。

「ネージュは無理をしすぎなのよ。最近はいつも団員に稽古を付けていたみたいだし。ご飯は食べている？　ちゃんと眠れていたのよね？」

「いやその、シェリー。体調は全然悪くないから」

「そんなに顔色が悪いのに、嘘《うそ》言わないで。無理すること無いわ」

純粋な心配が伝わってきて、思わず罪悪感の滲んだ瞳を伏せた。

やっぱり彼女は優しい。ネージュはこの世界の者ではないし、沢山の隠し事をしているのに。

「……ううん、もう出仕するよ。ちょうど目が覚めたところだったんだ」

「駄目よ、寝ていないと」

「急に起きたから、ちょっと貧血になっただけ。ほんとに大丈夫だから」

心配しないでと微笑んだら、シェリーは渋々ながらも納得してくれたようだった。しかし次に薄桃色の唇が紡いだ言葉には、またしても血の気を失うことになるのだが。

「もし元気なら、騎士団長室に顔を出しなさいって。……ネージュ、大丈夫なの？」


大丈夫じゃない。全然大丈夫じゃなかった。

騎士服に着替えたネージュは、今にも倒れそうになりながらも必死で背筋を伸ばして立っていた。場所は騎士団長室の前。レリーフの施された木製の扉は来る者を圧倒的な存在感で出迎え、ともすれば追い返す程の迫力を放っている。

肺の空気を出し尽くしてから、また目一杯吸って、軽く吐く。そうして心を落ち着けたネージュは意を決してノックした。想像通りの低音が入室を許可するのを待って、ゆっくりと扉を押し開く。

奥の磨き抜かれた執務机は空席で、臙脂色《えんじいろ》のカーテンが陽《ひ》の光を受けて静かに輝いている。革張りのソファも織り目の緻密な絨毯《じゅうたん》も、歴代の騎士団長が使ってきた逸品だ。指先すら触れるのが躊躇《ためら》われるような重厚感に、ネージュは聞こえない程度に喉を鳴らした。

果たして、騎士団長カーティスは応接テーブルの向こうに腰掛けていた。意外だったのはその顔にいつもの笑みが浮かんでいたことと、彼の対面にバルトロメイの姿があったことだ。

「やあ、呼び立ててしまってすまないね。体調はどうかな」

「……は。出仕できずに申し訳ございませんでした」

カーティスの体調を気遣う言葉にも、ネージュは緊張のあまり顔色を失ったままでいた。卒倒しそうな若き副団長を前にして、年長者二人は顔を見合わせて苦笑している。

「ほら見ろ、カーティス。お前が呼びつけるから怯《おび》えているんだ」

「ふむ、困りましたね。敵意は無いと示してきたつもりでしたが」

「意地の悪い奴め。勘付いていたならもっと早く声を掛けんか」

「確証がなかったので。貴方だって隠していたでしょう、バルトロメイ団長」

騎士団の最高戦力たる彼らの気安いやり取りは、まったくいつもの調子だった。

出世を拒んだ老騎士と、騎士団長とならざるを得なかったかつての部下。ネージュは関係が逆転してからの二人しか知らないが、信頼関係の固さは当時から少しも変わらない。

前騎士団長はコネだけでその座を手にした無能だった、とは先輩方からよく聞く話だ。

カーティスは失脚した前騎士団長に代わって現職を引き継いだ。上官だったバルトロメイは奥方が体調を崩していることを理由に打診を断っていたため、受けざるを得なかったらしい。

「レニエ副団長、掛けなさい」

「は……はっ！　失礼いたします！」

部屋の主《あるじ》に着席を勧められてしまい、ネージュは直立不動で返事をした。ギクシャクとした動作で腰掛けたのだが、隣に座るバルトロメイがいきなりぶつけてきた言葉には、流石《さすが》に上官に対する礼を取り繕うことができなかった。

「ネージュ、済まないな。カーティスにどういうことかと問い詰められたから、洗いざらい話してしまった」

「ええっ⁉」

「私が知らないはずがないと当たりをつけたらしい。勘の良いことだ」

話した？　信じ難いほどぶっ飛んだあの秘密を。この尊敬する騎士団長閣下に……⁉

あまりのことに眩暈《めまい》を覚え、ネージュは荒れ狂う心臓を抑えて何とか落ち着こうとした。

「まったく、少々傷ついたよ。そんなに私は信用が置けないのかな」

蒼白になる部下に対してカーティスは冗談めかして笑う。責めるような言葉の割に、綺麗《きれい》な笑みには少しの憤りも見当たらない。

「騎士団長閣下……信じて下さるのですか？　こんな、妄想めいた話を」

「ああ、疑問が解けてすっきりした。君がマクシミリアンの攻撃を防いだことも、偵察任務を無理に買って出たことも、あの計ったように現れた雷雲も、全部に説明が付く」

「……どうして、昨夜はあの場にいらっしゃったのですか」

「街の噂《うわさ》を小耳に挟んでね。近頃、王宮から人間が吹き飛ばされてくることがあるらしい。幻だと思われているみたいだったけど、私は真相を確かめようと思って見張りをしていた」

君の仕業とまでは半信半疑だったけどねと、カーティスは軽快に笑った。

どうやら半分カマをかけられていたらしい。彼は最初からネージュの行動に疑問を感じていたのだ。だから偵察任務にも付いてきたし、夜間の見張りも行っていた。

ネージュは情けなくなって、驚愕《きょうがく》に揺れる瞳を伏せた。

馬鹿みたいだ。恩義あるお方に気を遣わせて無駄な仕事を増やして、守りたかったのにいつのまにか庇《かば》われていただなんて。

「ええと、何だったかな。未来の私は女王陛下を守り、シェリーを庇って戦死、だったね」

「あ、あの、申し訳ありません！」

「君は嘘をついたりしない。何を謝る必要がある？」

空色の瞳が細められている。初めて出会ったあの日から変わらない、騎士の真心ある微笑み。その表情に、今も昔もどれほどの安堵を得たことか。

「私にしては上出来の死に様だ。けどまあ、団員たちを付き合わせるわけにはいかないからね。これからは私も仲間に入れてもらうよ」

閣下。私は、貴方のことだって死なせたくないのです。

ネージュは気さくな冗談にも叫んで返したいような気持ちがしたが、信じてもらえた喜びとぐちゃぐちゃに混じり合って、言葉に出せないままとなった。

その後は秘密の作戦会議が始まった。

内容は主に今後の対応について。騎士団長の力が加わった事により取れる行動は今までとは比べ物にならないほど増え、ネージュは一筋の希望を見たような気がした。

「それで、これからも他の幹部には明かさないという事でいいのか」

バルトロメイからの確認に、ネージュは思わず言葉を詰まらせた。

カーティスは信じてくれたものの、皆がそうだとは限らない。嘘をつく罪悪感には抗《あらが》いようがないが、これ以上シナリオから逸脱しないためには必要だと思う。

「私もそれでいいと思うよ。未来を知っても知らなくても、皆は怖気付《おじけづ》いたりはしないだろう。ハンネスなどはどうせ救われた命だからと言って余計な無茶をしかねない」

騎士団長の言には部下への信頼が詰まっていた。彼らは勇猛果敢だからこそ行動の予想がつかないのだ。そう、無謀な決闘に挑んだシェリーのように。

「確かにな。それならば今のままネージュの見た未来に沿って、仲間の行動に予想を立てた方がやりやすい、か」

「ええ、そういうことです。どうかな、レニエ副団長」

ネージュは問われるままに頷いた。

彼らの命を救うことが最優先。その為《ため》に現状維持が必要なら、仲間に対して口を噤《つぐ》む罪悪感にも耐えてみせる。

そうして誰がどう動くのか、緊急時の対応など様々な取り決めを終えた頃。そろそろお開きにしようかということになったので、ネージュはバルトロメイに続いて部屋を出ようとした。

「レニエ副団長は残ってくれないか。聞きたいことがある」

笑顔とともに騎士団長から放たれた言葉に、ネージュは腰を浮かしかけた姿勢のままピタリと止まった。

「……まだ何か話があったか？」

「ええ。申し訳ありませんが、席を外して頂きたい」

バルトロメイの怪訝《けげん》な視線にも、カーティスは動じなかった。ネージュは思わず縋《すが》るように直属の上司を見上げたが、返ってきたのは微笑のみで、バルトロメイは倒れるような無茶はもうやめろと念を押して退室して行った。

本当に二人きりになってしまい、ネージュはカーティスから目を逸らして沈黙した。

心臓がうるさいくらいに高鳴っている。それは憧れの人と向き合う緊張に加えて、話の内容を予感してのものだった。

カーティスが呪文を唱えてかすかな魔力を放つと、ティーポットが沸騰して音を立てた。大きな手が取手を取ろうとする動きを制して、ネージュは騎士団長のカップから茶を注いでいく。暖炉で暖められた部屋においても、紅茶から立ち上る湯気は白く目立っていた。

「君は未来を見たと言ったね。それなら、過去はどうなのかな」

ネージュはポットを持った手に、動揺が走るのを止めることができなかった。

それは核心を突く問いだった。過去について知っていることは、バルトロメイにも話していない。

この復讐劇《ふくしゅうげき》の根底にあるものを誰よりも知るカーティスには、目の前の小娘がいったいどこまでを知り得たのかを確認する義務がある。

「全ての騎士を失って、一人きりになった女王陛下は真実を知ったのかい？」

嘘は得意ではない。どうしても顔に出るし、ちょっと挙動不審になってしまう。この時も隠しきれない悲哀を表情に浮かべてしまったのを、ネージュはどこか遠くに感じていた。

「君は、隠し事が下手だな」

カーティスは淡く微笑んだようだった。その表情には全てを悟った諦観と、重く苦しい真実を知ってしまった部下に対する労《いたわ》りが浮かんでいるような気がして、ネージュはたまらなくなった。

「シェリーはブラッドリー公の実の娘、なのでしょう」

「……ああ」

その綺麗な瞳の中に、この人はどれほどのものを封じ込めてきたのだろう。

ネージュと違ってカーティスは隠し事が上手《うま》いのだ。残酷な現実に切りつけられても、それを覆い隠して笑うことができる人。

「しかし、そうか。できれば私の格好悪い失態については、知られたくなかったな」

「騎士団長閣下……？」

「確認しておこうか。君が一体何を知ってしまったのか」

カーティスは語り始めた。ネージュへの質問を交えながら、微笑みを絶やすことなく語られたその話は、ゲームで知り得た内容を遥《はる》かに深く掘り下げたものだった。

＊

愛する者の無残な死に直面した時、人は心の中を作り替えてしまうのかもしれない。

当時まだ十八だったカーティスは、現実の悲惨さを受け止めかねていた。血の色をした瞳を絶望と憎悪に淀ませた友を前にして、気の利いた言葉など出てくるはずもない。ただマクシミリアンの腕の中で赤子が眠る姿はあまりにも無垢《むく》で、友の背負う闇と全くの対極に位置していたことに、言いようのない絶望感を覚えたことだけは印象に残っている。

「頼む、カーティス。お前にしか頼めないんだ。この子を引き取って、養女にしてやって欲しい」

マクシミリアンは妻の葬儀を終えた日の深夜にアドラスの邸宅を訪ねてきた。

外は雪模様で、黒の正装の肩と銀髪の上には白いものが積もっていたが、彼が抱く赤ん坊にはその冷たさの一粒も及んではいない。

自室に招き入れた途端に血を吐くようにして告げられた頼みを断ることなどできなかったし、そのつもりもなかった。しかしカーティスには気になることがある。彼が娘を手放してまで何を成す気なのか、考えるまでもなく明白だったから。

「君は陛下を弑逆《しいぎゃく》する気だな。しかし復讐を成してどうする。反逆罪で死ぬ気なのか？　この子を遺《のこ》して両親共に先に逝くのか」

普段の穏やかな口調すら出てこなくなり、努めて冷静に返した言葉には怒りが滲んでしまっていた。

マクシミリアンは自分と同じ十八で、この子はまだ生まれて数ヵ月で、これからまだまだ楽しいことが沢山あるはずなのに。希望に満ちた未来は、友を絶望から呼び戻す縁《よすが》にはならないのか。

「いいや、俺は秘密裏にあの男を殺す。国を引《ひ》っ掻《か》き回《まわ》したい訳じゃないからな」

「それは私の質問の答えにはなっていない。親の務めを放棄するのかと聞いているんだ」

厳しい声で問いを重ねると、マクシミリアンは久し振りに無防備な表情を見せた。そうして浮かべた苦笑は見慣れたもののようでいて、以前とは何かが決定的に違っていた。

「まさか結婚もまだの奴に親の心構えを説かれるとはな。カーティス、お前はどうやら良い父親になれそうだ」

「マクシミリアン、茶化さないでくれ。私がどれほど心配していると」

「ああわかってる。すまないなカーティス、俺はもう自分のことしか考えられないんだ。あの男を殺さなければ耐えられない。この世の全てを燃やし尽くしてしまいそうなんだ」

あまりにも底暗い怨嗟《えんさ》が血の色をした瞳に宿り、カーティスは慄然とした。

マクシミリアンの妻であるハリエットは遠い国から嫁いできた姫君で、それは美しい人だった。夫の異母兄たるナサニエル王に目をつけられ、手籠めにされて自死してしまった儚《はかな》い人。

妻の仇《かたき》を取るまでは、友は獣と化して戻ってはこないのだ。以前の快活で人望ある青年は失われ、後には復讐だけを生きる意味とする荒漠とした男だけが残った。

カーティスは受け入れ難い現実をようやく思い知る。せめて彼がいつかは人に戻れるよう、自分ができることを果たすしかないことも。

マクシミリアンは娘を預けにここまで来た。それならば全ての感情を復讐心に蝕《むしば》まれたわけではない。

「……わかったよ、その子を私の養女にしよう。ただし、いくつか条件がある」

「条件？」

「ああ。何年かかってもいい、復讐を終えたらこの子に自分が本当の父だと名乗り出るんだ。その為に、君は内密に王の暗殺を遂げなければならない」

反逆罪で死ぬことは許さない。強い瞳でそう語りかけると、マクシミリアンは大人しく頷いてくれた。

「あと、もう一つ。私は君を手伝うために、騎士団で出世しておくことにする。王党派を削り取って、奴の背後をガラ空きにしてやる」

しかしこの宣言には、さしものマクシミリアンも色をなくした。

「それは駄目だ！　お前は……この子を育てるお前だけは、こんなことに巻き込むわけにはいかない！　自分で言ったんだぞ、反逆罪は死刑だって！」

「仲間だと思われなければいいんだろう？　私は私で勝手にやるさ。そもそも腐った王党派の連中は、どうにかしたいと思っていたんだ」

それはカーティスの偽らざる本心だった。

民を顧みない治世のせいで城下はすっかり荒廃しており、今や国中で飢饉《ききん》や災害が起きても放置し続けている。あんな王に忠誠は誓えない。

君が下手を打たなければ私も安全だ。そう微笑んでしまえば、マクシミリアンも反論材料を失ったらしい。動揺も露《あら》わに銀髪をかき回してから浮かべた苦笑は、先程よりも少しだけ近くなったような気がした。

「……カーティス。その子は死んだことにするから、お前が名前をつけてやってくれ」

「ああ。じっくり考えておこう」

カーティスは銀髪の赤子を腕に抱いた。可愛《かわい》い子だ。きっと母親によく似た美人になるだろう。

赤ん坊は父たる男の手から離れたのに少しの警戒心もなく眠ったままで、その重みは切なさばかりを青年の胸中へと去来させたのだった。

マクシミリアンとの約束はハンネスにも打ち明けることにした。彼は婚約したばかりだというのに、必ず手助けすると頷いてくれた。結託した三人は、その後長きに亘《わた》って暗殺への地盤固めを続けることになる。

騎士二人が王立騎士団で出世を重ねる一方で、マクシミリアンは現状に不満を持つ貴族たちを抱き込んでナサニエル暗殺への筋道を立てていった。

そうしてカーティスがハンネスと共に副団長職を拝命する頃には上の無能どもは隠居していて、かなり動きやすくなっていた。

カーティスは大人としての精悍《せいかん》さを増した顔を緩め、玄関に見送りに立った愛娘《まなむすめ》の頭を撫でた。

「シェリー、昨日みたいに庭を走り回って、皆を困らせてはいけないよ」

いつしかシェリーを引き取って九年の月日が流れていた。

走り回ると言ってもシェリーのそれは鍛錬としか言いようがなく、淡々と庭を周回するというものの。一度も強制した覚えは無いのだが、この娘は騎士を目指して早くも自主訓練を始めているのだ。

幸せに生きてくれたらそれでいいのに、まさか騎士になりたがるとは思いもしなかった。乳母もメイドも唯一の姫君の頑《かたく》なさには手を焼いているらしく、いかに一生懸命な毎日を送っているのか逐一報告してくれる。

「鍛錬をしてはいけないのですか？　誰にも迷惑はかけていません」

親バカと言われてもいい。不思議そうに首をかしげるシェリーは、妖精のごとき愛らしさだった。

「シェリー、騎士になりたいんだろう？」

「はい！　シェリーは、父上のような立派な騎士になりたいです！」

「そうか。それならきちんと休憩も取りなさい。皆に心配をかけるようでは、一人前の騎士とは言えないからね」

「わかりました！　シェリーはきちんと休憩をとって頑張ります！」

愛娘が己の職を目指してくれる。それは親冥利に尽きる幸せのはずだが、カーティスは複雑だった。

代々騎士を輩出してきたアドラス家とは言っても、女子までもが騎士になるわけではない。そもそも家督だって、シェリーが嫌だと言うなら別に継がなくても構わない。シェリーは幼い頃から自分が養子だと理解していたのに、素直で正義感の強い子に育ってくれた。本当の両親と過ごせなかった分も幸せになってもらいたいと思う。

何より己は娘に憧れてもらえるような立派な騎士ではない。忠誠を誓えないような王相手に十年以上も仕えてきてしまった。

しかし、これで苦しい日々ももう終わる。

「今日は我が家にお客様を呼んでくるよ。おもてなしをしてくれるかい」

ナサニエルの暗殺は既に成された。その弟のアレクシオスが即位し、新王の治世もようやく安定してきたところだ。荒廃していた国は徐々に元の姿を取り戻しつつあり、今日を境に先王の喪が明ければ加速度的に活気付いていくはず。

マクシミリアンも近頃は以前のように笑うことが増えた。約束を果たしてくれるかと言ったら、気まずそうにしながらも頷いてくれたのだ。

「お客様？　父上、もしかして彼女さんですか？」

なんのてらいもなく微笑む幼い娘は言うことが少々ませていた。シェリーもそんな台詞を口にする年頃になったのかと、益々《ますます》複雑な気分になってカーティスは苦笑する。

「残念ながら男だ。古い友人だよ」

「そうですか……お友達……」

シェリーは露骨にがっかりした様子で肩を落としてしまった。

もしかすると母親が恋しいのだろうか。だとしたら申し訳ないとは思うが、こればかりは相手がいないとどうにもならない。

カーティスはもう一度銀髪の頭を撫で、行ってきますと一言告げて玄関を出た。

冬を迎えた王都モンテクロはいよいよ冷気に包まれており、外套一枚では足りないほどだ。カーティスは枯れ草が目立ち始めた庭から視線を上げて、雲の垂れ込む空をじっと見つめた。

マクシミリアンはあれ以来一度もシェリーに会ったことがない。あの大胆不敵な男もきっと緊張するだろうが、カーティスはそう心配することは無いような気がしている。

二人は血の繋《つな》がった親子であり、どちらも真心ある人柄だ。そしてシェリーは強く育ってくれたと自信を持って言い切ることができる。

シェリーはどんな反応を見せるだろうか。すぐには真実を受け入れることは難しいかもしれないが、いずれは本当の父の元に戻りたいと言うのだろうか。

もしそうなったなら笑顔で送り出してやりたいと思う。シェリーが幸せならそれでいい。それでいいのだ。

灰色の雲はこの記念すべき日に不穏をもたらすような気がして、カーティスは胸騒ぎを覚えた。視線を前へと戻して歩き始めた時、この冬初の雪がちらつき始めていた。

終業間際になってカーティスの執務室を訪ねて来たのは、幼馴染兼同僚のハンネスだった。

この時のカーティスは第一騎士団副団長、ハンネスは第二騎士団副団長を務めており、ナサニエル暗殺計画を終えて、お互いにようやく肩の荷が下りた頃合いだった。

マクシミリアンとの約束の時間まで、コーヒーを飲みながら談笑する。

長身のカーティスにとってハンネスは唯一の見上げなければ話せない相手だ。しかし対面に腰掛けた今はその限りではなく、正面にある厳《いか》つい顔が不敵な笑みを描くのがよく見えた。

「そろそろ奴の首を落とすべきだな。やりにくくて敵《かな》わん」

奴というのは騎士団のトップ、騎士団長リカルドのことだ。

リカルドは先王ナサニエルに取り入る事によって騎士団長職を拝命し、己の欲を何においても優先する下卑た男。奴のせいでどれほどの苦汁を飲んできたか、挙げれば枚挙に暇《いとま》がない。とは言っても首を落とすべきとの発言は比喩であり、さっさと退職して欲しいという意味に他ならないのだが。

「そうは言ってもやるべき事は終わったからね。私はあまり気が進まない」

もうマクシミリアンの復讐は終わったのだ。騎士団は随分と風通しが良くなり、平均年齢も若返って活気に溢《あふ》れている。もう無能を追い落として出世を目指す必要はなく、これからはもっと有意義な毎日が待っているはずだ。未《いま》だに残った先王派の連中など取るに足らない勢力でしかない。

「なんだ、腑《ふ》抜《ぬ》けおって。バルトロメイ団長に騎士団長になって欲しいのではなかったのか」

「もちろんそうなれば良いと思ったよ。けどバルトロメイ団長は出世を望んでおられないだろう。そんなお方を無理に騎士団長に祭り上げるのは、なんだか忍びなくてね」

カーティスの思案げな眼差しに、ハンネスも言葉を詰まらせた。

二人は騎士団に入った当初は第三騎士団に所属しており、バルトロメイは当時からの敬愛すべき上官だ。恩義ある相手の幸せを望む気持ちは二人に共通している。

「カーティス、ならばお前が騎士団長になればいい」

だからハンネスが真顔で告げた言葉には、思わず絶句してしまった。

「……ハンネス、自分が何を言っているのかわかっているのかい」

「当たり前だ。バルトロメイ団長が駄目ならお前しかおらん。お前ほど実力のある騎士は他にいないからな」

「馬鹿な、私では若すぎる。他にも適任者はいくらでもいるよ」

「先王派の連中のことならお断りだ。あんな奴らに預ける命は一つもない」

カーティスはアドラス侯爵家の長男として生まれた瞬間から、騎士団長になるべく育てられた身の上だ。かつて騎士団長を務めた父には子供の頃から憧れていた。

それでも今すぐになれと言われて実感が湧くものでもない。

国のために戦うことを生業《なりわい》とする者として、民には苦しんで欲しくないと思う。入団した当初から王党派の連中をどうにかしたかったのは、ただそれだけの動機ゆえ。

「部下の命は私たちで預かればいい。君も物騒な発言は慎むべきだよ」

カーティスは小さく苦笑して冷めたコーヒーを飲み干した。窓の外は相変わらずの雪模様で、日の傾きかけた今では夕刻の薄青にその景色を溶けこませつつある。

「そろそろ行かなくては」

「ああ、そうか。マクシミリアンをシェリー嬢に会わせるのだったな」

奴の緊張している顔でも拝みに行くかとハンネスも立ち上がったので、共に執務室を出ることにする。冷え切った渡り廊下を歩いて王宮へ、あえて他愛もない話をしながら友と二人歩く。

そうして王族の居住区まで辿《たど》り着《つ》いたところで、騎士たちは同時に異変に気付いた。

「……カーティス」

「ああ」

険しい瞳で目配せをし合って、音を立てないように足を止めた。その先にある重厚な扉は間違いなく国王の私室だ。

今はアレクシオスのものとなった場所。そして数ヵ月前、綿密な計画を元に実行された暗殺の舞台となったその部屋から、微《かす》かに鉄の香りが漂っている。

淀むような不吉な臭気に心臓が大きく脈打った。それはハンネスも同じだったようで、見上げれば緊張に満ちた顔が己を見返している。

カーティスは腰の剣を抜き放った。ハンネスもそうしたのを見届けて、慎重に扉を開いていく。

まず目に飛び込んできたのは、鮮烈な赤。

血の匂いが爆発的に濃くなって、ハンネスと共に入室してすぐに扉を閉める。ランプが室内を照らす中、赤い飛沫《しぶき》の中心に倒れ伏していたのは、国王になったばかりのアレクシオスだった。

「ああ……凄《すご》いタイミングで来るな、お前達は」

マクシミリアンはただそこに立ち尽くしていた。息絶えた兄の側《そば》で、血に濡れた剣を手にしたまま。

こういう場合、物語においては雷が鳴っていて、その劇的な展開を重苦しく演出していることが多いように思う。

けれど実際に起きてみればその日はよくある冬の夜で、降りしきる雪が全ての音を吸い取る静謐《せいひつ》だけがそこにはあった。すっかり生気を無くした殺人者と、友を見る瞳に驚愕を貼りつけた二人の騎士に、救いなんてものは何一つとして存在しなかった。

「マクシミリアン、君は、何をしているんだ……？　シェリーに会いに来るんだろう。あの子は今この時も、家で待っているんだぞ」

やっとの思いで紡いだ言葉は無様に掠《かす》れていた。

結局のところ、カーティスは忠義なんてものを誓ったことなど今まで一度もなかったのだ。君主が二度死んでも、その結末に自身が深く関与していたとしても、一番大事なのは周囲にいる人々のこと。

カーティスは巷《ちまた》にありふれたただの男だった。高潔さなど持ち合わせてはおらず、騎士の家系に生まれたから騎士に憧れただけの凡夫だった。

「気付いたら手が動いていた。……復讐を成すならば、最後まで、だ」

マクシミリアンの赤い瞳は仄暗《ほのぐら》くも輝いていた。妻を失った当時よりも更に深い絶望と憎しみに囚《とら》われた姿は、返り血の色と相まってこの世のものとは思えない凄みを放つ。

「マクシミリアン……？　何を言っている」

ハンネスが茫洋《ぼうよう》と呟いた。全く同じ問いを抱いた胸の内を抑えつけながら、カーティスもまた返答を待つ。

しばしの間を経て優美な口元が描いた笑みは、ぞっとするほどに美しかった。

「全部、アレクシオスが仕組んだことだったんだ。ハリエットがあんな形で死ななければならなかったのも、この男がナサニエルを焚《た》きつけたから。アレクシオスは自分こそを直系とするために、自分の手は汚さずに兄を殺した。俺は踊らされていたんだ、最初から」

凍えるような声で告げられた真実に、二つの息を呑《の》む音が室内に響いた。

どういうことだ。異母兄弟の間柄でも、マクシミリアンはアレクシオスとは仲が良かった。復讐について明かすことはなかったが、この兄になら国を任せられると常々語っていた。それなのに、どうして。

「少し気にかかることがあって調べていたんだ。そうしたら案の定、この男は計画を実行するまでの手配についての証拠を残していた。最後の最後で、詰めが甘かったな」

マクシミリアンはまるでゴミでも放るように何枚かの書類を投げた。白い紙たちは音もなく血の海に着地して、瞬く間に赤く染まった。

「これは見抜けなかった俺の咎《とが》だ。この男が悪魔であると知っていたなら、信用なんかしなかった。どうしてこんなことになったんだ？　玉座の持つ魔力は、こんなにも人を惑わせるものなのか。……馬鹿馬鹿しい話だ」

カーティスははっと瞳を揺らした。シェリーを託しに来た夜、全てを燃やし尽くしてしまいそうだと語った青年の姿を思い出して、背筋を冷えたものが伝い落ちていく。

「カーティス、悪いな。俺じゃ本当の父親なんて名乗れない。シェリーに謝っておいてくれ」

「マクシミリアン……！」

名前を呼ぶ声は無意味な叫びに終わった。

赤い炎がマクシミリアンの持つ剣から迸《ほとばし》り、部屋中に燃え広がっていく。熱風が巻き起こって全身を押し包み、騎士たちは長年の習い性で防御魔法を使ったが、その隙に目を離したのがいけなかった。

防御魔法の輝きが収まった頃には、既にマクシミリアンの姿は陽炎《かげろう》のように消《き》え失《う》せていた。燃え盛る室内は常人ならば命はない程の熱に侵され、アレクシオスの骸《むくろ》も炎に包まれている。

「カーティス、とにかく脱出だ！　俺たちの魔力属性ではどうにもならん！」

舐《な》め尽《つ》くすような炎の向こうでハンネスが叫ぶ。やりきれない思いを抱えながら短距離の転移魔法の呪文を唱えると、急すぎたためにそれぞれ違う場所に飛ばされて、カーティスは王宮の片隅にひとりその身を転がした。

地面には雪が積もっており、背中から急速に炎の熱を奪い取っていく。建物からの明かりに照らされて黒い空に白が花弁のように舞うのが見え、その美しさが憎くて、カーティスは思わず顔を歪《ゆが》めた。

――マクシミリアンが何をしたというんだ。

復讐など成すべきではなかったという神の思《おぼ》し召《め》しなのか。しかし彼は復讐という縁《よすが》がなければ、この世に留《とど》まることすらできなかったかもしれない。

敬愛する両親が存命のカーティスと違って、早くに母を亡くして父にも顧みられなかったマクシミリアンは、それでも道を逸れずに歩こうとしていた。薄汚い政争に巻き込まれて傷ついた彼の前に現れたのが、政略結婚の相手であるハリエットだった。

二人は仲のいい夫婦になった。本来なら今も幸せに笑っていなければならないはずだった。親子三人で、いや、もしかしたらもっと増えていたのかもしれない子供達に囲まれて、柔らかな時間を過ごすべき人だったのに。

シェリー。結局あの子に真実を明かせないままになってしまった。何もできなかった。酷《ひど》い体《てい》たらくだ。誰に忠義を捧げれば良かったんだ。一体、どうすれば――。

カーティスはともすれば叫び出しそうになる胸の内を抱えたままゆっくりと起き上がった。背中に張り付いた雪もそのままに、剣を鞘《さや》に収めて歩き始める。

王宮から叫び声が聞こえていた。物思いにふける前に、騎士団を指揮して消火に当たらなければならない。

アレクシオスの暗殺はついに表に出ることはなかった。調べても煙草《たばこ》の不始末としか結果が出なかったことと、前国王派を調べると全員アリバイが成立したことから、捜査は焼死という形で結末を迎えた。

マクシミリアンは領地を出ることが減り、カーティスが訪ねて行ってもどこか壁のある笑顔を崩すことは叶わなかった。それはハンネスも同じだとのことで、淀むような胸の内を抱えたまま時は過ぎる。

予想外に喜ばしいこともあった。アレクシオスの一人娘であるファランディーヌは、四歳という年齢でありながら驚くべき才能を発揮して、立派に治政を行い始めたのだ。

女王はカーティスたちの力を借りて残った政敵を一掃し、騎士団の無能共も見事にふるい落として左遷してしまった。バルトロメイの代わりに騎士団長となったカーティスは、テキパキと臣下に指示を下す少女の姿を見て、神童とはこういう人のことを言うのだと思い知った。

ファランディーヌは少女としての顔も持っており、シェリーと会う時はその表情を覗かせた。仲のいい二人を微笑ましく思いながらも、言いようのない罪悪感が胸中に降り積もっていく。

アレクシオスが何も企てなければ、二人は従姉妹《いとこ》として対等に育まれた筈だった。ナサニエルに良識さえあれば。マクシミリアンが復讐に囚われなければ。カーティスがもっと強く止めていれば、あるいは。

彼女らは大人たちの都合に振り回された犠牲者だ。何の罪もない、無垢で清廉な魂。これ以上害されていい筈がなく、何の憂いも持たずに幸せになるべき存在だったのに。

カーティスはいつしか主君に対する忠義を抱くようになった。

ファランディーヌが成人を迎えたあの日、夜会に姿を見せたマクシミリアンの姿にようやく彼の心も氷解を始めたのだと思った。自ら姪《めい》たる女王に歩み寄り、これからは少しずつでも関わることを決めたのだと信じてしまった。

復讐に手を貸せたのは途中まで。カーティスは忠義と友を天秤《てんびん》にかけて、忠義を選んだ。

いつからこんなにも冷酷な人間になったのだろうか。いつからままならない程のしがらみを得て、清濁の濁ばかりを呑み込んだような大人になってしまったのだろうか。

渦を巻く問いに答える者は、誰もいない。

知らなかった。カーティスがマクシミリアンの復讐《ふくしゅう》に手を貸していただなんて。

またしてもゲームにおいて明かされなかった過去が出てきてしまった。この事象について深く考えろと頭の中で警鐘が鳴っている。しかしネージュはあまりにも悲しいカーティスの過去に心を揺さぶられて、それ以上の思考をまとめ上げることができなかった。

彼は周囲の人の平凡な幸せを願った。しかしそのささやかな願いすら、仕えるべき主君に裏切られたのだ。

「……知りません、でした。ナサニエル王の暗殺は、ブラッドリー公に、アドラス騎士団長閣下とオルコット団長が、揃《そろ》って成されたことだったのですね」

友と荒れ果てた国のために命をかける。そういう人達《ひとたち》なのだと知っていた。この人が誰よりも気高いことを、知っていたのに。

「私のことを、怖いと思うかい」

「いいえ！　……いいえ、閣下」

ネージュはいつかと同じようにかぶりを振った。しかしその声音の悲痛さは比べようもなく、感情の発露を抑えつけるために唇を引き結ばなければならなかった。

「私は市井《しせい》で暮らしていましたので、かつての惨状をよく知っています。当時と比べてどれほど町が明るくなったのかも。女王陛下がどれほど素晴らしい君主であらせられるのかも……知っているんです」

ネージュはカーティスに救われた時のことを思い出していた。

『すまないね。私達の力が及ばないせいで、苦しんでいる人が沢山いることは知っている。あともう少しだから……許して欲しい』

どこか苦しげに告げられた許しを乞う言葉。今の今まで意味がわからなかったが、ようやく理解できた。

「どれほど……どれほど、救われたことか。民を守ってくださって、ありがとうございました」

自分こそが貴方《あなた》に救われたのだとはついに言えないまま、ネージュは深く頭を下げた。

あんなみすぼらしい自分について明かすのは恥ずかしい。何より胸が詰まって、それ以上の言葉を口にすることができなかった。

人とはどうしてこんなにもままならないのだろう。悲しい過去を背負って生きることは、どれほどの苦しみを生み出すのだろう。

ネージュは再び顔を上げた。喉が焼けるように痛んで、堪《こら》えきれなかった涙が目の端からこぼれ落ちていく。カーティスが驚いた顔をするから、余計に涙が溢《あふ》れて止まらなくなる。

死んで欲しくない。生きていて欲しい。シェリーもマクシミリアンも、みんな。

何よりも私は、この方こそを。

「参ったな。泣かせるつもりはなかったのに」

カーティスは空色の瞳を細めて、困ったように笑っていた。

「レニエ副団長、先の戦ではシェリーを守ってくれたことに感謝を。そしてこれからは、もっと自身のことも大事にして欲しい」

「……はい、閣下」

「うん。君はとても強いね。勇敢で優しい副団長殿」

何やら覚えのある台詞《せりふ》に、ネージュは涙の雫《しずく》がついた睫毛《まつげ》を上下させた。いったいどこで聞いたのだったか。

「君がそんなだから私は心配になる。無茶ばかりを背負いこんで、いつか消えてしまう気がして」

大きな手が伸びてくる。その手はあの時のように手袋をつけてはいなくて、見るだに剣ダコを蓄えた固い質感をしている。

何が起ころうとしているのかもわからないまま、ネージュはただ瞬《まばた》きをしていた。しかしその手が濡《ぬ》れた頬に触れようとしたところで、明らかな異変が起こった。

轟音《ごうおん》を上げて建物が軋《きし》む。備え付けられた家具がカタカタと鳴り響き、四方から悲鳴が聞こえてきた頃には、二人は立ち上がって窓辺に駆け寄っていた。

「出てこい！　女王の犬共！」

マイクに通したような大声を魔法によって迸《ほとばし》らせていたのは、黒豹《くろひょう》騎士団第三位のミカ・フルスティだった。

彼が乗る黒色の翼竜の下ではいくつもの竜巻が渦を作っている。黒魔術師だけが召喚できる闇の眷属《けんぞく》は、恐らくはリシャールが呼び出したものだろう。

そこまでは想像通りだったのだが、残念ながら今回もイレギュラーが起きていた。勢い付くミカの隣にはそれぞれ翼竜に跨《またが》る二人の男がいたのだ。

ネージュはあんぐりと口を開けた。

信じられない。あれはイシドロと、黒豹騎士団長ロードリック・デミアン・チェンバーズではないか。

「ふむ、レニエ副団長。君の話ではミカだけが来るはずだったと思うのだけど」

「ええと……その、はい。これも、未来から逸脱してしまった結果かと」

「なるほど。これは面白い」

余裕の笑みを浮かべるカーティスと共に半眼になってその光景を眺める。乾いた笑い声すら漏れそうになったのを、ネージュは必死で呑《の》み込《こ》んだ。

最高幹部のうちの四分の三が来ちゃったよ。部下がいないみたいだけど幹部三人の方が嫌だよ。なにこれ酷《ひど》い。やっぱり神なんていない！

神のせいでこんなことになっているのだが、この場に至って心の中のツッコミは家出していた。

こちらの戦力は黒豹騎士団の捜索によって欠けているのだ。ライオネルとハンネスは自身の部下の三分の二を率いて不在。エスターとヤンは衛生魔法使いとして救護所に詰めなければならないので、基本的には戦闘要員ではない。

唖然《あぜん》としている間にも事態は進行していく。女王騎士全員をゴミ認定しているとんでも少年ミカは、悪役かくあるべしといった高笑いを決めてくれた。

「ほらほらどうしたの⁉　出てこないならさ……雑魚《ざこ》ごとぜーんぶ、吹き飛ばしてやるよ！」

ミカの細腕に魔力が集中し、莫大《ばくだい》な風魔法を発動させる。騎士団本部前にある美しい庭に巨大な竜巻が出現したところで、ネージュとカーティスは同時に窓から飛び降りていた。

屋根に降り立った途端、イシドロが最強の騎士を見つけて笑みを浮かべた。ロードリックも意外そうに眉を上げ、ミカも攻撃の手を止める。

「アドラス騎士団長閣下じゃないですか。お久しぶりです。お元気でしたか？」

ミカが翼竜の上で恭しく腰を折るのを目の当たりにして、ネージュは寒気のする思いがした。

このテンションの落差、不安定すぎないかなこの子。ゲームのキャラとしては面白かったけど、実際に目の前にしてみると怖すぎるよ。

「ああ。ミカも元気だったかな」

「ええ、僕はマクシミリアン様さえお元気なら問題ないのです。……というわけで、アドラス騎士団長。死んでください」

ミカが冷徹な声と共に無数の風の刃《やいば》を放ったのと、カーティスが防御魔法を発動したのは全くの同時だった。

魔力がぶつかり合って光の奔流が生み出される。ネージュはあまりの眩《まぶ》しさに一瞬だけ目を瞑《つぶ》ってしまった。

「レニエ副団長、君はイーネル副団長と非戦闘員の脱出を」

私も共に戦いますと言える程、ネージュは思い上がってはいなかった。

自身の実力では彼らに負けるか殺すかの二択しかない。足手まといになっている場合ではなく、そもそも自身には果たすべき役目がある。

「は！　ご武運を！」

己などにそんなことを言われても気休めにすらならないことは解《わか》っていたが、ネージュはそれだけ叫んで走り出した。だからカーティスが優しい笑みを見せてくれたことなど、知る由もなかった。

屋根から飛び降りて本部一階へと滑り込む。すると丁度いいことにフレッドと出くわしたのだから、どうやら先程練ったばかりの作戦はバルトロメイによって通達されていたらしい。

フレッドは騎士服を着込んでおり、既に抜刀して廊下を疾走していた。並んで走りながら、ネージュは屋上での戦闘の音に負けじと大声で叫んだ。

「非戦闘員を逃がせとの命を受けた！　フレッドもだよね⁉」

「ああ、行くぞネージュ！」

「了解！」

良かった、これで切り込み隊長の無鉄砲を抑えることができる。あとは各自が本部襲撃時の訓練に則《のっと》って動いてくれれば、スムーズに避難が完了するはずだ。

「レニエ副団長、ご指示を！」

走っているうちに直属の部下のルイス達も追いついてきた。各自取り残されている者を捜すよう伝えると、目にも留まらぬ速さで散開していく。

彼らなら仕事を果たしてくれる。ネージュは全幅の信頼を胸に走り、事務所の前に辿《たど》り着《つ》くなり間髪入れずに開け放った。中にいた事務員は女性も多く、すっかり震え上がって動けなくなっている。

「私達で避難誘導します！　慌てず速やかに、指示に従って動いて下さい！」

幹部が現れたことで、事務員達から安堵《あんど》のため息が上がった。フレッドと共に彼らを廊下へと促して、次々と地下へと続く避難口に入ってもらう。

昔からお世話になっているベテラン女性職員のミラが心配そうにこちらを見つめてきた。彼女は皺《しわ》だらけの手を固く握りしめていたが、気丈にも騎士の安全を気にかけてくれているらしい。

「二人とも、大丈夫なのかい？」

「俺達なら大丈夫だよミラちゃん。何も心配せずにゆっくり歩くんだ、いいね」

フレッドに背中を支えられ、ミラは地下への避難口へと消えて行った。

やっぱり彼もまた優しいのだ。男女問わず人気者で顔が広いのは、市井を愛するフレッドだからこそ。

「ネージュさん、怖いよお」

「大丈夫。私達が絶対に守るから」

同じ寮仲間の女性職員達を宥《なだ》めてやったら、皆《みんな》一様にぽわっとした表情になってしまった。なんだろう、何か変なことを言っただろうか。

フレッドの部下も集まって、避難のスピードも上がってきている。そろそろここは彼らに任せ、他の階層に残された人がいないか確認するべきか。

そう考えたところで、今までで一番の轟音が空気を震わせた。

職員達から恐怖の悲鳴が上がり、積もった埃《ほこり》が舞い踊る。状況を確認するため周囲に視線を走らせると、曲がり角から小柄な少年が姿を現した。

「幹部、みーっけ」

薄青の髪を煌《きら》めかせ、風魔法で破壊した廊下を歩いてきたのは、何を隠そうミカ・フルスティその人だった。

ついに来たかとネージュは顔を引き締めた。

真ルートに入る場合、フレッドはミカとの戦いでシェリーを庇《かば》って命を落とす。だからこそシェリーとフレッドは別の場所に配置してもらった。ネージュが彼と行動を共にして、確実に死亡フラグを叩《たた》き折《お》るために。

「フレッドさんに、ネージュさん。実力者たるお二人をまとめて始末できるなんて、ラッキーだなあ」

にこにこと微笑《ほほえ》みながら歩いてくる姿は愛らしい少年そのものなのに、何しろ台詞が怖すぎる。

そして彼の言い分は全く間違っていないのだ。ミカの魔法の腕前は、ネージュとフレッドを束にしても僅かに及ばない。

ただしそれは、神に魔力を授かる前のことだ。

「さあ、潔く死んでくださいね。……風切り羽！」

音を立てて風の刃が迫る。しかし後ろには未《いま》だ職員がいるのだから、ここで引くわけにはいかない。

防御魔法なら出力を調節する必要はないため、ネージュのコントロールでも扱える。ミカの攻撃を防いでしまったらフレッドは変だと気付くだろうが、もうそんなことを言っている場合ではない。

「土籠りの盾！」

「風壁の守り！」

しかし防御魔法を発動させたのはネージュ一人ではなかった。フレッドが隣に立ち、自身の得意な風属性の盾を作り出していたのだ。

二つ分の魔法陣が眼前に広がり、膨大な数の風の刃を弾《はじ》き返《かえ》していく。想定を超えた衝撃を受けた防御魔法が不穏な軋みをあげ、その振動が腕へと直《じか》に伝わる。風圧と衝撃に息を呑んだネージュと違って、フレッドはすぐさま背後を振り返った。

「おい、お前ら！　振り向かずに走って逃げろ！」

呆然《ぼうぜん》と立《た》ち竦《すく》んでいた騎士達がフレッドの怒号で我に返った。残された職員を連れて避難口へと吸い込まれたのを確認して、ネージュは困惑の視線をフレッドに向ける。

どうしよう、そりゃそうだ。一人ではミカの攻撃を受けきれるわけがないと知っているのだから、フレッドなら当然二人で防御魔法を張るに決まっている。

ネージュなら一人で防げるのに。今守られるべきはフレッドなのに。

防御魔法陣は絶え間ない攻撃にさらされて激しく鳴動していた。風の刃は弾かれては壁や窓を叩き壊し、建物自体に不穏な亀裂を走らせていく。

「あははは！　頑張りますねえ、副団長さんたち！　どれくらい保つのかなあ⁉」

ミカの病的なまでの高笑いは寒気を感じさせるものだったのだが、フレッドにはどうやら苛立《いらだ》ちをもたらしたらしい。

「くっそ、このガキ！　ガキのくせに強いんだよ、このやろう！」

「同感。天才少年って嫌だねえ」

悔しげに笑ったフレッドに、ネージュも苦笑を返す。

同じ平民出身の同期で、同じくらいの実力で、同じ副団長にまでなって、同じだけの辛酸を舐《な》めてきた。フレッドの憤りが手に取るようにわかるから、ネージュはもう迷わなかった。

「フレッド、走って！」

まさか味方に攻撃されるとは思っていないフレッドの背中はガラ空きだった。

彼の後ろ襟をわし摑《づか》みにし、自身の背後に引っ張り下げてやる。フレッドがよろめいた途端に防御魔法が解け、全ての負担がネージュにのしかかってきた。

「ネージュっ⁉」

フレッドの驚きと悲痛を含んだ絶叫が聞こえたが、聞こえないふりをした。代わりに防御魔法に全神経を集中して、ミカを消耗させる作戦に出る。

大丈夫だ。フレッドにバレたって構わない。今はこの人を助けることだけを考えなければ――。

「何だ、この珍妙な状況は」

それは刹那の出来事だった。目が眩《くら》むほどの光が迸って、それと同時に轟音が空気を割く。魔法による雷がもたらしたものだと理解したのは、目の前に見上げる程に大きな背中が立ちはだかってからの事だった。

「フレッド！　お前はレディの背に庇われて、一体何をしている！」

第二騎士団団長ハンネス・オルコットの振り返り様の一喝に、ネージュはつい肩を竦ませてしまった。

彼の得意とする雷魔法の如《ごと》き迫力だ。黒豹騎士団の捜索に出向いていたはずなのに、どうしてここに。

「ハンネス団長、なんでここに？」

困惑しきった声に背後を振り返ると、怒鳴りつけられた張本人はぽかんと口を開けて呆《ほう》けていた。まさかの展開に頭が追いついていないようだ。

「丁度定期報告に帰ってきたのだ。お前たち、怪我《けが》はないな」

ネージュとフレッドは同時におずおずと頷《うなず》いた。しかし部下の反応を受けたハンネスは、にわかに太い眉を釣り上げてみせる。

「フレッド、ならばなぜ後ろにいる！　とっとと剣を構えぬか！」

相変わらず熱い人だなあと、ネージュは呆然としたまま場違いな感想を抱いていた。あまりにも有難《ありがた》い援軍に、本当に現実なのかと疑う気持ちが湧いてきてしまう。

しかしフレッドは素直だった。彼は尊敬する団長の熱意に感化されて、いつも誰よりも早く立ち上がる。

「す……すみません、ハンネス団長！」

慌てて前に出てきたフレッドが、上官の隣で剣を構える。その背中に強靱《きょうじん》な意志を見て取って、ネージュはふと溜息《ためいき》を漏らした。

ハンネスが来たならミカに負けることはない。こんなことが起こりうるのだ。本当なら死んでしまった筈《はず》の人物が、誰かを救うために力を貸してくれるようなことが。

胸が熱い。自分がやってきたことは間違いじゃなかった。いかにシナリオから逸《そ》れて、予測不能のトラブルに見舞われたとしても、生きているというだけで何物にも代え難い僥倖《ぎょうこう》だ。

「……ちっ。団長格が出てきたのでは、流石《さすが》に分が悪いですね」

ミカが舌打ちをしてふわりと浮き上がる。風魔法を得意とする彼は、魔獣無しで空を飛ぶことができるのだ。

「逃げる気か、フルスティよ」

「ええ。僕、勝てない勝負はしない主義なので」

ハンネスのモスグリーンの眼光で睨《にら》みあげられても、ミカは泰然としたものだった。先程はカーティス相手に攻撃しまくっていた気がするので、気が昂ると主義主張すら忘れてしまうということらしい。

ミカは甘やかな微笑みを残し、突風となって窓の外へと飛び出して行った。

後に残されたのは破壊し尽くされた本部の廊下と、瓦礫《がれき》の匂いと、戦いを終えたばかりの三人の騎士だけだった。ネージュは気が抜けるような思いがして、その場にぺたりと座り込んでしまった。

「ネージュ、大丈夫か⁉」

「レニエ副団長！」

二人は振り返って膝をつくと、同時に顔を覗《のぞ》き込《こ》んでくる。その表情には解りやすくも心配が表れていて、その生き生きとした様子に安堵が降り積もっていく。

良かった、生きている。彼らはここで死なずに済んだのだ。

「ネージュ、お前無茶しやがって……！　なんで俺を庇うような真似《まね》したんだ！」

「そうだな。フレッドの不甲斐《ふがい》なさについては俺から詫《わ》びるが、無鉄砲についてはは少々考えた方が良かろう」

先陣を切るのが大好きな二人に無謀を諫《いさ》められるとは。なんだかおかしくなって、ネージュはつい笑ってしまった。

「申し訳ありません、あまりに無策でした」

二人は虚を衝《つ》かれたような顔をした後、仕方がないなとばかりに笑う。

素直な人たちで良かった。自身の魔力についてもバレなかったことだし、次の作戦を果たすために動かなければ。

＊

遡って少し前のこと。ミカの攻撃を防ぎきったカーティスは、騎士団本部の屋根の上にて剣を握る手を僅かに返した。

敵は最高幹部の三人。騎士団長ロードリックと二番手のイシドロ、更には天才たるミカ。しかも彼らは全員が翼竜に乗っている。

彼ら全員を相手にするなら命をかける覚悟で臨まなければならないが、どう来るか。

「各自散開。手筈《てはず》通り攻撃を加えよ」

ロードリックが剣を抜き放って冷徹に告げる。しかしながら、彼の部下はいささか奔放だった。

「わかりました、アドラス騎士団長はロードリックさんに任せます！　僕は女王騎士どもを皆殺しにすればいいんですよね！」

「違う！　必要がなければ殺すなとあれほど言い含めただろうが！」

「そうでしたっけ？　気をつけますね〜！」

ミカが明るい声を残して飛んで行ったのを、ロードリックは不安を隠しもしない表情で見送った。功に逸《はや》る少年と違ってイシドロは泰然としていたが、地上に新たな獲物を見つけるなり青灰色の瞳を輝かせる。

「俺も行くわ。帰りは待たなくていいぜ」

「お前みたいな猛獣を野放しにしておけるか！　集合時間は守れ、馬鹿者！」

「そうかい。俺は適当にするけど、待つのはご自由にだ」

イシドロはあろうことか翼竜から飛び降りて、地面へと落下していった。本当に自由な男だ。カーティスが二人をみすみす逃したのには訳があった。

ネージュの功績で密偵を防ぎきった以上、彼らは本部の見取り図を持ち得ない。よって動きにくいことは間違いないし、地下通路に逃げた職員達を攻撃することは不可能。

そしてイシドロとミカは幹部達を狙うはず。ネージュとフレッド、バルトロメイを別の場所に配置したため、それぞれに迎え撃ってもらう算段だ。

準備は万全に近い。ネージュの魔力に頼って危険な役目を任せてしまったことだけは気にかかるが、今は目の前の敵に集中する必要がある。

「君も苦労するね、ロードリック」

「いいや、別段大したことはない……！」

ロードリックは怒りに声を震わせながら、顔を真っ赤にして両手を握りしめていた。怒鳴り散らしたいのを我慢しているという様子に、カーティスはにこりと笑いかけてやる。

「知ってはいたけど君も出世したものだね。幼い頃の君はいつもマクシミリアンに付いて回っていたのに、いつのまにかブラッドリーの騎士達を束ねるまでになったとは」

「……何が言いたい」

「必要がなければ私達を殺さないのかい？　どうしてかな。マクシミリアンの命令にしては、甘」

ボッと耳鳴りがして、白い球体がカーティスの顔の右を掠《かす》めて行った。精悍《せいかん》な頰に細い血の筋が現れ、やがて一雫の赤を溢れさせていく。

ロードリックは希少な光属性の魔法の使い手だ。その実力は言うに及ばず、カーティスでも余裕を持って勝つことは難しい。その宿敵が長い焦げ茶の髪を広げ、端整な顔に怒りを宿してこちらを睨み据える様は正に圧倒的だ。

「アドラス、貴様には関係ない。いつもいつもヘラヘラと、馬鹿にするのも大概にしろ」

「ロードリックとは何故《なぜ》だか昔から仲良くなれないね」

残念そうに笑いつつ、今の問答で得た収穫は大きかった。

ネージュの話によれば、未来でのマクシミリアンはハンネスを死に追いやった自責の念によって手のつけられない復讐鬼と化したらしい。つまり未だ誰の命も失われていない今、ロードリックの反応を見ても彼らの君主は甘さを捨てきれていないと見て間違いない。

恐らくだがマクシミリアンは娘への情を残している。それならばまだなんとかなるかもしれない。

カーティスは一筋の希望を摑んだ。どうやら喜びが顔に出ていたらしく、ロードリックは不愉快そうに眉をひそめた。

「殺されないと思ったのなら大間違いだ。貴様はマクシミリアン様の一番の障害。死んでもらう他はない」

冷徹に告げたロードリックが掲げた剣の先、太陽すら凌《しの》ぐほどの光球が現れた。

あれに触れたものを待つのは影すら残さず消し飛ぶ未来だけ。カーティスは同じように切っ先に火球を出現させ、相対する男と同じタイミングで放った。

炎と光がぶつかり合った瞬間、何も見えないほどの閃光《せんこう》が膨れ上がる。音もなく熱波が押し寄せるのを防御魔法で防いだカーティスは、すぐに防御を解いて屋根を蹴った。

するると間髪入れずに元いた場所に光線が突き刺さる。鱗型《うろこがた》の瓦屋根をくり抜いたそれは本数を増やし、蛇行しながら追いすがってくる。

あんなものに捉えられたら蜂の巣の完成だ。カーティスは浮いた体をそのままに、地面に落下するに任せる事にした。

ロードリックは慌てる事もなく光線を放ってくるが、落下しながら防御魔法で全て凌ぐ。やがて光線の届かないところまで落下したカーティスは、着地する瞬間だけ風のクッションを作って地に降り立った。

そこにはバルトロメイがいて、爛々《らんらん》と目を輝かせたイシドロと相対しているところだった。

「カーティス、お前はあっさり落ちてきおって。何をしているんだまったく」

「申し訳ない、バルトロメイ団長。そちらには行かないようにしますので」

お許しを、と言おうとしたところで、発動したままの防御魔法に大量の光球が降り注いだ。

「余裕だな、アドラス。貴様のそういうところが心底気に食わん」

ロードリックは翼竜から飛び降りると、怒りのこもった浅葱色《あさぎいろ》で睨み据えてきた。剣を下ろした姿勢であっても油断など一つもしていないことは、全身から放たれる気迫が物語っている。

「うわぁ……ロードリックのおっさん、めちゃくちゃキレてるじゃねえか。あんた何したんだ？」

「うーん、普通に話していただけのはずなんだけど」

イシドロが後ろから緊張感なく話しかけてきたので、カーティスも適当に微笑んでおいた。この猛獣は戦闘そのものにしか興味がないので、背後から隙をつくような真似はしないのだ。

「イシドロ！　貴様、隙だらけの女王騎士どもの首をさっさと取らんか！」

「嫌だね。それって勝負じゃねえだろ」

ぶち、と。

黒豹騎士団長のこめかみに血管が浮き出たのと同時、堪忍袋の緒が切れた音を聞いたような気がした。

「……良かろう。貴様はせいぜい自分の身を守る事だけを考えておけ」

ざわざわとロードリックの長髪が揺れる。強すぎる光に遮られて表情が見えないが、どうやら極大魔法を使おうとしていることは呪文の声でわかった。

ロードリックの剣先に無数の光球が出現する。あれは大量の光球を百八十度に放つ極大魔法だ。あんなものを放たれたら、常人なら瞬時に蒸発してしまう。

「……炸裂《さくれつ》せよ、旭日千光《きょくじつ》！」

ロードリックの呪文詠唱が完了し、めんどくさそうに呻《うめ》いたイシドロが防御魔法を展開する。カーティスは本部に、バルトロメイは二人分の防御魔法を繰り出して、圧倒的な光の奔流を凌ぐ事にした。

空気を割く音が連続し、目の前に展開された風の魔法陣が軋みを上げる。バルトロメイは余裕のある様子だが、やや呆《あき》れ気味でもあった。

「黒豹騎士団の連携はどうなっているんだ。イシドロ、もう少し騎士団長の言う事を聞いてやれ」

「俺の知ったこっちゃねえよ。なあ爺《じい》さん、せっかく勝負してたのに邪魔が入っちまった。これが終わったら再開しようぜ？」

「ほざけ、若造が。十年鍛えて出直してこい」

カーティスの眼前で締まりのない会話が交わされる。その間にも光球は降り注ぎ続け、花壇や芝生に無数の穴をくり抜いていく。相手が殺しにかかってくるのにこちらからは攻撃ができないとは何ともやりにくい事だ。

だが他でもない彼女の願いだ。叶《かな》えてやらなければ。

カーティス自身は神の思《おぼ》し召《め》しなどはどうでもいい。ネージュが誰も死なせたくないと考えている、その事実がなによりも重要なのだ。

それにしても、ネージュはまだ出てこない。

少しばかり焦燥を覚えて本部の玄関口を確認した時のことだった。ネージュが転がるように飛び出してきて、自身の四方に土壁を展開する。

そう、カーティスはこの時を待っていたのだ。

＊

ネージュが土の城壁を四方に発動した瞬間、本部の壁面に展開されていた強大な防御魔法が消失したのがわかった。カーティスが魔力切れを装って防御魔法を消し去る事は、事前の打ち合わせで織り込み済みだ。

『いいかい、レニエ副団長。私が防御魔法を解いたら、本部にミカの風魔法が降り注ぐ。君は土の城壁に隠れて、大魔法を発動するんだ』

脳内に穏やかな低音が再生される。残念ながら相手はミカではなかったが、自主訓練によって強度を増した土壁は、ロードリックの光魔法すら凌ぐことができるようになっている。

いくつかの光球が土壁に突き刺さったのを感じたが、ネージュは身を隠しつつ呪文を唱えた。

「断層の戦慄《わなな》き、地熱の嘶《いなな》き、その衝撃は地獄の采配……大地鳴動！」

それは地震を呼び起こす大魔法だった。光球が本部の建物を貫通して煙を上げる中、地面が大きく震え始める。

真相を知らない者は建物が倒壊することによる振動だと思ったことだろう。ロードリックの魔法によって止《とど》めを刺された頑強な建物が、ついに崩れ去ろうとしているのだと。

しかし残念ながら、本部の建物は万が一に備えて堅牢《けんろう》な造りをしている。カーティスによれば一個人に倒壊されるようでは、騎士団本部にはなり得ないのだそうだ。

避難誘導をしていた騎士たちが、ガタガタと揺れる本部を呆気《あっけ》に取られて見つめている。ハンネスとフレッドがここにいたら見破られたかもしれないが、彼らは怪我をした騎士を連れ、第四騎士団が救護所を構える訓練場に向かって不在だ。

揺れる地面に手を突き、ネージュは苦痛の息を吐いた。

魔力のコントロールが難しい。この間の雷雨の魔法は最大出力で良かったが、今それをやったら王宮ごと瓦礫の山にしてしまう。なるべく本部建物の範囲だけを大きく揺らさなくては。

集中して。早く、早く倒さないと……！

「よくやった、レニエ副団長」

不意に穏やかな声が頭上から降ってきた。その正体を確かめようと顔を上げたのと、ふわりと体が浮き上がったのは、殆《ほとん》ど同時だった。

ネージュはいつのまにかカーティスによって横抱きにされていた。どうやらこの騎士団長は得意な属性では無いはずの風魔法まで操れるらしく、高く空を飛んでいる。

それは緊張を呼び込む状況に間違いはなかったのだが、ネージュはただ呆然と彼の持つ空色を見つめていた。何が起こったのか解らず、どうしたらいいのかも判断がつかなかった。

「ほら、見てごらん。もう本部が倒壊するところだ」

言われるままに視線を向けると、同じ高さにあった尖塔《せんとう》が建物の崩落と共に崩れ去るのを目の当たりにする事になった。瓦礫が飛び散り芝生の地面に大穴を開け、割れた窓ガラスが輝きながら落下していく。あのまま玄関の側《そば》にいたら崩壊に巻き込まれていただろう。

予定していた事とはいえ、慣れ親しんだ建物が消えて無くなる様は筆舌に尽くしがたいものがある。ネージュは寂しい気持ちを押し殺して、土煙を上げて沈み込む本部の最後の姿を見届けた。

やがてカーティスは地上へと降り立った。ネージュもすぐにその場に降ろされて、周囲の様子を警戒する。すると少し離れたところにロードリックとイシドロがいて、彼らは翼竜に飛び乗ったところだった。

「おや、もう帰るのかな」

カーティスが微笑んで問いを投げると、ロードリックは苦虫を噛《か》み潰《つぶ》したような顔をした。

先程屋根の上で相対した時も思ったがやはり凄《すさ》まじい圧迫感だ。中ボスたる黒豹騎士団長は、敵なのに光属性という主人公ばりの力を持ち、立ちはだかるもの全てを光の中に消し飛ばしてしまう。

「戦果としては十分だ。アドラス、次は必ず粉微塵《こなみじん》にしてやる」

ロードリックは凄《すご》んでいるが、おそらく魔力が底を尽きかけていることも理由としては大きいだろう。イシドロはまだ不満そうにしていたが、上司に首根っこを摑まれて渋々飛び去っていった。

途端に圧迫感から解放されて、ネージュはその場にへたり込んだ。何度も魔力を放出した体はすっかり力を失って、しばらくの間は動けそうにない。

けれど作戦は成功したのだ。胸の内にじわじわと安堵が湧き上がってきて、ネージュは小さくため息をついた。

「良かった……」

本部の中はもちろん空。建物の倒壊により戦果を挙げたと勘違いさせ、敵を満足の上で帰還させるというのが作戦の趣旨だ。まさかここまで上手《うま》くいくとは思わなかったが、どうやら人的被害は怪我人のみで敵幹部たちの襲来を防ぎきったらしい。

「ネージュ、カーティス！　無事か！」

顔を上げれば無残に荒れた庭をバルトロメイが駆けていた。あのイシドロと戦ったにもかかわらず、老騎士に大きな怪我は見当たらない。

「ネージュ、肝が冷えたぞ。予定では本部からもっと離れた場所から魔法を発動するはずだったろう」

「申し訳ありません。急がなくてはと、それればかりになってしまいまして」

ネージュの魔法が発動する前にロードリックの魔力が尽きてしまっては、地震の魔法を誤魔化す術《すべ》がなくなってしまう。本部の倒壊を犠牲無しでやり遂げ、更にこれ以上の面倒を避けるには、絶対に外したくないポイントの一つだった。

「閣下、お礼を申し上げます。助けていただきありがとうございました」

地面に座り込んだままという無作法は脇に置いて、ネージュはぺこりと頭を下げた。

しかし返答はなかなか返ってこない。訝《いぶか》しみつつも顔を上げると、夕日を受けて赤みを帯びた瞳が思案するように逸らされている。

「やはり、こんな役目を担わせるべきじゃなかったな」

固く強張《こわば》った声音に、ネージュは小さく息を呑んだ。

頼りないと思われてしまった。カーティスに憧れて、認められたくて頑張ってきたのに。これ程の魔力を手にしても役立たずで、よりにもよって彼の手を煩わせてしまうだなんて。

「も、申し訳、ありませ――」

震える謝罪の声は、カーティスの突然の行動によって遮られた。

またしても先程と同じ姿勢で抱き上げられて、ネージュは目を白黒させた。

「第四騎士団の救護所へ行こう。相当の魔力疲労を起こしてる。気付いていないだけで怪我もしているかもしれない」

「えっ、あ、あの……⁉」

頬が燃えるような熱を放ち始めた。口は意味のない音しか紡いでくれず、ネージュは助けを求めてバルトロメイを見つめる。しかし会議の終わりと同じように苦笑をこぼした上官は、無情な台詞しか返してはくれなかった。

「この老体にお前を抱えるのは無理だ。ありがたく運んでもらいなさい」

嘘《うそ》だ、イシドロを封じ込める強者が女一人運べない筈がないよ！

え、どうしてですか。めんどくさかったの？　重そうだから嫌だったの？　確かに筋肉のせいで見た目よりだいぶ重いけど……って。

「か、閣下！　おやめください、どうか降ろしてください！」

「歩けない者を降ろしたら置いていくことになるじゃないか。それは無理な相談だ」

カーティスは必死の抗議も意に介さず歩き出してしまった。バルトロメイの妙に生温かい笑みに見送られ、ネージュはされるがままに運ばれていく。

絶対重い。多分重くてびっくりしてる。さっきも同じように抱えられたのに、あの時はよく冷静でいられたものだ。

「あの！　本当に、大丈夫です！　歩けます！」

「すっかり腰が抜けていた。もう無理をしなくていい」

「ですが、重いのでっ……！」

「重くないよ。遠慮はいらないから、少し休みなさい」

抗議の理由を失ったネージュは胸の前で手を組み、目を瞑って体を小さくした。そうでもしないと耐えられそうもなかった。

心臓が早鐘を打ってうるさい。赤くなった顔を見られたくないが、手で覆うなんて可愛《かわい》い事をしたらその方がおかしい。これは怪我人を運んでくれているという、ただそれだけの状況なのだから。

結局、ネージュは抱き上げられたまま救護所まで運ばれてしまった。

周囲を見ないようにしていたので確かではないが、その場にいたヤンと怪我人の視線が痛かったような気がする。

……気がするだけだと、思いたい。

＊

翼竜に乗って空を飛びながら、ロードリックは舌打ちをせんばかりだった。

戦果についてはまあいい。元より幹部を討ち取れるとは思っていない。カーティスの飄《ひょう》々《ひょう》とした態度は忌々《いまいま》しいが、今に始まった事ではないため気にしないでおくべきだ。

今成すべきはミカの回収。翼竜が見つかったのに本人がいないのだ。あのいかれ坊主は我を失うとすぐに最大出力で敵を叩き潰そうとするため、それが原因で足を掬《すく》われることも多い。

「イシドロ、ミカを見つけたらすぐに言え」

「へーいへい……」

こいつ、まったく捜してないな。

ロードリックはぎりぎりと奥歯を噛み締めつつ、地上に視線を走らせる。そうしてようやく目立つ薄青の髪を見つけたのだが、視界に入ったとんでもない状況に心臓が止まりそうになった。

ミカは一人の騎士と剣を交えていた。その相手は身長もほとんど変わらず細身で、長い銀髪を靡《なび》かせた女性だ。

シェリー・レイ・アドラス。彼女がマクシミリアンの実の娘であることは、黒豹騎士団の中でもロードリックしか知らない秘匿事項だ。

マクシミリアンに殺すなと直接言われたわけではない。しかし敬愛する主君が娘への情を残していることは、カーティスに指摘された通り正解だ。

どうやらシェリーは救護所となった訓練場を守ろうとしているらしい。いないと思ったらそんな所に配備されていたとは盲点だった。部下を従えてミカの猛攻に耐えているが、やはり力の差が大きいのか苦しそうに息を弾ませている。

一刻も早く止めなければ。ロードリックは焦るまま翼竜の脇腹を蹴ったのだが、イシドロが地上に向かって水魔法を放つほうが一拍早かった。

巨大な水柱がミカの足元から噴出し、少年の軽い体は簡単に空高くまで運ばれてしまう。突然の出来事に呆気にとられたのはミカもロードリックも同じで、目線の高さを同じくした者同士でしばしの間視線を交わらせてしまった。

「おい、シェリー。あんた、俺のいない所で死ぬなよ」

イシドロは面白そうに言葉を落とした。同じく呆気にとられて空を見上げていたシェリーは、ハッとしたように息を呑むと、顔を真っ赤にして怒鳴り返してきた。

「イシドロ！　降りてきなさい、決着をつけてやる！」

「あんたじゃ俺に勝てないから嫌だね。じゃあな」

小馬鹿にしたような笑いを落とし、イシドロは水柱の上のミカを乱雑に担ぎ上げる。並走する翼竜の空《から》の座席に放り投げられたミカは、すっかり怒髪天を衝いていた。

「イシドロさん、何するんですか⁉　せっかくあの女を仕留める所だったのに！」

「だからお前はうるせえんだよクソガキ。蹴り落とすぞ」

ぎゃあぎゃあと言い争いを続ける若者二人をぼんやりと見つめながら、ロードリックは転移魔法を展開した。

イシドロが自分より弱い者、しかも女性に執着するのを初めて見た。シェリーが誰かに対して怒りをあらわにするのもとても珍しいことのように思う。

まさか、まさかとは思うがいい雰囲気、なのか？　イシドロが本部の襲撃に行くと言い出したのも、シェリー様の様子を見に来たのでは……？

ロードリックは脳裏に浮かんだ妄想を瞬発的に打ち消した。

いや、ないない、そんなはずはない。姫君と猛獣だぞ、ありえない。というかこれ以上面倒なことになって欲しくない。頼むから私の胃に穴を開けないでくれ！

転移魔法に呑み込まれながら、ロードリックはキリキリと痛む腹を手で押さえたのだった。

第七章　騎士団長閣下の秘めたる想《おも》い

カーティスはすっかり瓦礫《がれき》の山と化した騎士団本部の前に立っていた。既に夜空は無数の星々を描き、魔法による松明《たいまつ》を光源とする世界は激しい戦闘の後とは思えないほど静かだった。

やれやれ、と思う。ネージュがあれほどの魔力を得ていたとは、自分の目で見てようやく実感が湧いたものだ。

神とはなんなのだろうか。あの細い肩に重責を担わせようとする者。全ての命を救うことを望む傲慢な存在。

そんなことは騎士ならば当然のように望んでいる。カーティスはその為《ため》に命をかけて戦ってきたし、今までの戦で死んだ仲間を何人も見てきた。

それでも、命をかけてもなお難しいのだ。しかも敵方まで救えとは、いくら強大な力を得ようと個人が守る範囲には限界があるというのに。

「カーティス」

静かな声に振り返ると、そこには敬愛する騎士の姿があった。バルトロメイは松明に照らされて、いつしか白くなった髪を橙《だいだいいろ》色に染めていた。

「被害状況を確認してきた。怪我人《けがにん》は八人、いずれも軽傷。物的損害は本部の倒壊に加えて寮が半壊だ。ミカの奴《やつ》が暴れまわったらしい」

「ふむ。人的被害がその程度で済んだのは結構ですが、ここまで破壊されては被害額は相当ですね」

「本部に関しては我々のせいだがな」

「人命のためですから仕方のないことです。予算はもぎ取りますのでご安心を」

不敵な笑みを浮かべて見せると、お前だけは敵に回したくないと言ってバルトロメイは笑った。

それはこちらの台詞《せりふ》だ。手合わせをしなくなって数年が経《た》つが、バルトロメイがこの年齢でなければ勝てるかどうか怪しい所だと思う。奥方が病にかからなければ、やはり彼こそが騎士団長に相応《ふさわ》しかったのに。

「奥様はお元気ですか」

「なんだ藪《やぶ》から棒に。まあ、元気だぞ。全快してからは再発もしていない」

「それは良かった。お身体《からだ》をお大事にと、お伝え下さい」

ガルシア伯爵夫妻の仲の良さは有名だ。バルトロメイは平民出身で飛び抜けた戦功を挙げた英雄だが、地位に頓着しないため当時の国王が離心を憂い、最も年若い姫を降嫁させることにした。八歳下の奥方とは初対面同士だったが、紆余曲折《うよきょくせつ》の末に愛し合うようになった、らしい。らしいというのはカーティスが生まれた頃の話であることと、本人に聞いてものらりくらりとはぐらかされてしまうのでよく知らないのだ。

「カーティス。お前、結婚しないのか？」

「……は？」

こちらの思考を読んだように切り込まれてしまい、カーティスは珍しくも無防備な声を上げた。

この流れは良くない。話の主導権を握られるとなんでも喋《しゃべ》らされてしまう。この人生の先達にはそうした特技があるのだ。

「こんな時に何をおっしゃる。しませんよ、もう立派な中年ですからね。嫁の来手が無いんです」

自分でも下手な言い訳だとは思ったが、やはりバルトロメイを誤魔化しきれるものでは無かった。かつての上司はわざとらしく片眉を上げ、首を傾《かし》げて見せる。

「アドラス侯爵家に嫁ぎたい女なぞ、探さなくとも湧いて出てくるだろうに。お前が未《いま》だに結婚しないのは、シェリー嬢の事を考えているからだ。そうだろう？」

その指摘は半分は核心を突いていた。カーティスは観念したように笑って、バルトロメイの鉛色の視線を瞬《まばた》きで遮った。

「確かにその通りです。シェリーには近々、家督を継ぐ意思はあるのか改めて確認するつもりですが……」

「その気はありそうなのか」

「ええ、シェリーはそのつもりでいるようです。ですが、それには甥《おい》のアントニーと結婚する事が前提になります」

アドラス家の血は絶やせないし、姉の息子はよくできた青年だ。シェリーもアントニーについて不満を漏らした事はないが、それは養父への恩義に囚《とら》われてのことではないのか。

カーティスはそれが怖いのだ。娘が自由を失う時に、己が原因になるのが怖い。

「ならばと私が妻を娶《めと》って、子供などできたとしましょうか。その時シェリーは間違いなくアドラス家から籍を抜きます。それがあの子の意思に基づく行動であっても、なくてもです」

シェリーは優しい子だ。聡明《そうめい》で我慢強く、悩みを決して口に出さない。騎士になって立派に身を立てているから、籍がどこにあってもやっていけるだろう。

だからこそ、あの子が何を思うのかが分からない。

いつも薄い膜の向こうにある娘の姿。この話題が難しく思えるのは、養子という関係のせいであることは解《わか》っている。

「両親はシェリーを可愛《かわい》がってくれていますが、私に結婚しろとも言います。しかし私はご令嬢と引き合わされるたび、相手が養子の存在を面倒に思っていることを感じ取るんですよ。それで少々、疲れまして」

ということにしておいても、いいだろうか。

カーティスは虚《うつ》ろな作り笑いを浮かべたつもりだった。これ以上追及しないでくれと、無言の圧力を放ったつもりだったのだ。

「ならネージュはどうだ。あの子なら養子の存在を面倒になど思わんぞ」

カーティスは危うく眉を動かす所だった。

この騎士、流石《さすが》にやる。もう半分の核心を突いてくるとは、昼間の振る舞いがまずかったか。

「これは今日気付いたことなんだが、お前、あの子のことを気に入っているんだろう」

「いやいや、それこそ何をおっしゃるのです。私は仕事関係には手を出さない主義なんですよ」

「そんな主義はクソくらえだ、カーティス。そんなことを言って後悔しないのか？　あんな良《い》い子、今に誰かにかっ攫《さら》われるぞ」

その指摘は鉄の心臓の奥底を的確に抉《えぐ》った。

そんなことはわかってる。自分の想いもとっくに自覚してる。

それでも動けないのは、彼女が娘の友人だからだ。

「……そんなにわかりやすかったですか」

「いや、お前の笑顔はいつも完璧だよ。だが、そうだな。今日は態度に出ていた」

そう、恐らくは近付き過ぎたのだ。

この一連の謀反劇のせいで彼女が無茶なことばかりするから、つい側《そば》にいて助けるようなことをしてしまった。うっかり触れようとしたり……うん、あれは危なかった。

どうしても心配だった。今日の話を聞いて、なぜあんな無茶をするのか納得がいった。仲間の命なんてネージュが抱えるものではなく、カーティスの双肩にのしかかるべきものだというのに。

「バルトロメイ団長、どうか忘れて下さい」

「しかしな、カーティス」

「貴方《あなた》が独り身の私を心配して下さっているのはありがたく思います。ですが、私は責任を取らなければ」

カーティスはいつもの笑みを浮かべた。松明が顔を照らして濃い影を落としていても、その表情は夜陰に溶け込みそうなほどに柔らかかった。

「責任とは」

「マクシミリアンの叛意《はんい》に気がつくことができなかった。その責任です」

そう、今は自分のことを気にかけている場合ではない。

止めなければ、あの男を。今ならまだ間に合う。そしてこのチャンスはネージュが作り出してくれたものだ。そんな彼女に対して感謝以外にどんな感情を抱くことが許されるのだろう。

バルトロメイは何かを言いたそうな顔をしていたが、やがて溜息《ためいき》をつくと首を横に振って見せた。

「立ち入り過ぎたな。年寄りの戯言《たわごと》だ、許せ」

「いいんです。では、私はこれで」

松明の炎が爆《は》ぜて細かな音を鳴らしている。その間を通り抜けてしまえば晩秋の冷気が全身を包み、カーティスは肩をすくめた。

そういえば、ネージュが入団してきたのも秋だったか。

そんなことを考えつくあたり、先ほどの会話が余程脳内を占拠しているらしい。カーティスは苦笑して、未だ色褪《いろあ》せない記憶を眺めることにした。

＊

数百人から成る王立騎士団の朝礼の場にて、舞台の上に新米騎士たちが並んでいる。秋の風が広葉樹を柔らかく揺らし、黄と橙を舞い散らせる様は、さながら紙吹雪で祝福しているかのようだ。

歳若《としわか》い彼らは緊張に肩を強張《こわば》らせていて、真新しい濃紺の騎士服に糊《のり》が利き過ぎているところがなんとも初々しい。瞳はこれからの人生への希望と不安に満ち、その輝きは眩《まぶ》しいほどだった。

カーティスには騎士団長として新米騎士を迎えるために、一人一人に襟章を授与するという役目がある。全員に対して声をかけながら渡していくと、何人目かにその少女はいた。

――あの時の子じゃないか。そうか、騎士になったのか。

ミルクティー色の髪に琥珀《こはく》の瞳。彼女は名をネージュ・レニエと言った。

庇護《ひご》してくれるはずの大人に裏切られ、泣きながらも気丈に微笑《ほほえ》んだ少女。類《たぐい》まれな魔力を秘めた彼女を何とか日の当たる場所に出してやりたかったのに、肝心の本人はあっさりと姿を消してしまった。

ちょうど二人の王の死が重なり、人生で最も繁雑な時期だった。事後処理を終えて何度か孤児院に通ってみたものの結局は会えず終《じま》い。だから彼女が自身の魔力を活《い》かして身を立てていたことが、カーティスには嬉《うれ》しかった。

子供の時分に出会った騎士のことなんてきっと忘れているだろう。そんな予想に違《たが》わず、ネージュは新米騎士としての態度も露《あら》わに畏《かしこ》まって襟章を受け取った。

あの時は子供らしかったのに随分と立派になった。きっと血を吐くような努力をしたんだろう。

そこまで考えつけば少しだけ複雑な気持ちが胸中を覆う。ネージュのように強い魔力を持った女子ならば、騎士などという危険な仕事でなくとも、もっと安全で地位ある職にいくらでも就けたのに。

しかし決めたのは彼女自身だ。過去に一度だけ行き合っただけの年長者が、若者の決断に口を挟むものではない。

それは六年前の秋の出来事。ネージュとはそれ以来さほど会話も交わさないまま時は過ぎ、瞬く間に季節は巡る。


「シェリー、仕事はどうかな」

「はい、父上。まだまだ力及びませんが、とてもやりがいがあります」

春に十五歳で入団して早三ヵ月。久しぶりに寮から帰宅した愛娘《まなむすめ》が、口に入れた肉を飲み込んで溌剌《はつらつ》と笑う。その表情には充実感が漂っていて、カーティスはそっと胸を撫《な》で下《お》ろした。

本当なら両親の元で幸せに育つはずだった公爵家の姫君は、政争に巻き込まれたせいで本人の知らぬところで人並みの幸せを失った。代々騎士を輩出してきたアドラス侯爵家に託されなければ、騎士になろうなどとは思わなかっただろうに。

せめて本人にとって毎日が幸せならいい。カーティスは穏やかな笑みを浮かべて、成長期の娘にお代わりを勧めた。するとシェリーは嬉しそうに執事からパンの山を受け取って、上品な所作ながら怯《ひる》むことなく山を崩し始めた。

うん、良《い》い食べっぷりだ。大きくなれ、シェリー。

「友人もできたんです。ネージュ・レニエという、第三騎士団所属の優秀な騎士なのですが」

父上、ご存知ですか。そう問われてしまい、カーティスはそうとわからない程度に眉を上げた。

もちろん知っている。かの少女の入団以来、男社会で困ってはいないかと何とは無しに気にかけていたから。

　しかしネージュは予想以上に優秀だった。騎士団長の密《ひそ》かな憂いなど軽々と飛び越え、今度はついに班長に昇進することになったのだ。

「知っているよ。そうか、レニエ君か。彼女は強いだろう」

「はい、その上人柄も素晴らしいです！　同僚と喧嘩《けんか》になったとき、間に入ってくれたんですよ」

　シェリーは喧嘩と言ったが、七光りだと陰口を言われていることは知っていた。確かにシェリーは騎士団長の娘だが、入団したのは彼女自身の実力だ。

　カーティスはシェリーを助けるネージュの姿を想像した。院長に暴行される寸前だったあの時、年下の仲間を助けようとした少女の姿と重なる。

「良い友達ができて良かったね。今度遊びに連れておいで」

「それが、私もそう思って誘ったのですけど、恐れ多いと断られてしまって」

　残念そうに首をかしげるシェリーを前に、一瞬だけナイフを握る手が止まった。

　恐れ多い、か。それはそうだ。騎士団長が住む邸宅だなんて、部下からすれば息苦しくてたまったものじゃない。わざわざ休日に緊張しに出かけるなんて、若者が進んでやるはずがないじゃないか。

　カーティスはなんだか申し訳ない気持ちがした。父が騎士団長だったせいで、シェリーは初めての友達を家に呼ぶこともできないのか。

「……遠慮はいらないと伝えておいてくれ。でも、無理強いはいけないよ」

一応そう伝えてみたら、シェリーはそうですねと言って笑ってくれた。しかしネージュが遊びにくることは、終《つい》ぞ一度もなかったのだ。

カーティスは今、第三騎士団の訓練の視察に訪れている。

行われているのは魔法と剣技を同時に磨く一対一の模擬戦だ。夏の日差しの下での稽古は過酷を極め、既に何人もの男たちが倒れて運ばれている。体力気力そして魔力ともに試される技術的にも難しい特訓において、第三班班長のネージュは躍動していた。

屈強なベテラン騎士ですら彼女には敵《かな》わない。目にも留まらぬ速さで繰り出される剣戟《けんげき》は躱《かわ》せるものではなく、必死の攻撃も土の壁にことごとく阻まれる。また一人騎士が倒れ、感嘆の声が訓練場を包んだが、それは別の意味も含んでいた。

ネージュが倒れた部下に駆け寄って、怪我の有無を確認している。咳《せ》き込《こ》む男の背をしなやかな手で摩《さす》り、その光景を見守る部下たちから羨望の眼差《まなざ》しを注がれている事に、本人ばかりが気付いていない。

そんな事をしていたらわざと倒れる輩《やから》が現れるぞ。解らないのか？

第三班班長殿は垂れ目がちの可愛らしい顔立ちをしていて、朗らかで親しみやすい雰囲気の持ち主だ。鍛えている以上は筋肉質なのだろうが、その輪郭は柔らかそうな曲線美を描いている。

騎士団は男所帯であり、女性騎士は数えるほどしかいない。高潔であれと自らを律する者たちであっても男は男、寄り集まれば猥談《わいだん》が始まるものだが、その中でネージュの話題が出ているのを何度も小耳に挟んだことがある。

かの若き女騎士は人柄もさっぱりとしていて皆《みんな》に愛されており、そんな彼女に想いを寄せる者は少なくない。ただし本人はその手の話題に全く興味がないようで、無防備さは年々増すばかり。

カーティスは溜息をついて立ち上がった。横顔に隣に座るバルトロメイの視線を感じるが、気にしている場合ではない。

「レニエ班長、私ともお手合わせ願おうか」

声を上げながら一歩を踏み出すと、訓練場の空気が瞬時に張り詰めた。騎士団長御自らとはどんな風の吹き回しかと皆が呆然《ぼうぜん》としているのを感じる。班長クラスでは騎士団長と手合わせをすることはないため、もちろんネージュにとっても初の機会だ。

咳き込んでいた男は青ざめて、訓練場の隅に走り去っていった。何だ、やっぱり動けるんじゃないか。

「私は魔法を使わないが、君は何をしてもいい。訓練で疲労した分はこれで埋め合わせがつくかな」

「は。恐れ入ります、騎士団長閣下」

驚愕《きょうがく》に見張っていた琥珀の瞳を、ネージュはすぐに鋭くしてみせた。

いい表情だ。カーティスは少し笑って、成長を遂げたかつての少女を眺めた。

自身の見た目は少々老け込んだくらいでさほど変わりが無かったが、ネージュはすっかり大人の女性へと変貌し、こうして剣を構えて相対するまでになった。

若者の成長とはかくも眩しいものか。そんな感慨を抱いてしまえば、沁《し》み入《い》るような寂しさが胸中を満たす。

壮年期を迎えた男の感傷にしてはやけに胸を突くそれを無視して、カーティスは剣を握る手に力を込めた。

――かかってこい。

先手を取ったのはネージュだった。

ブーツの爪先で地面を蹴り、細身の剣で突きを繰り出してくる。右利きの死角たる右脇を正確に射貫《いぬ》こうとする軌道に、カーティスは知らずのうちに口の端を吊《つ》り上《あ》げた。

一切の遠慮が無いからこそ、格上への敬意に満ちた攻撃だ。入団時から考えても本当に強くなった。これは怪我をさせずに勝つにはいささか骨が折れるか。

自身の剣の腹を添わせて突きの軌道を逸《そ》らし、何度かの剣戟を防いだのちに、下に力を逃してバランスを崩してやる。ネージュは呆気《あっけ》なくよろめいたようでいて、それは隙を見せる振りでしかなかった。

俯《うつむ》いた口元から呪文を唱える声が聞こえてくる。彼女の思惑に気付いた時には、轟音《ごうおん》と共にカーティスの足元に亀裂が走っていた。

地割れを起こす土の魔法だ。かなりの魔力を必要とする筈《はず》だが、まだここまでの余力を残していたのか。

大きく裂けた亀裂に左足が呑《の》み込《こ》まれた。第一線で戦ってきた反射神経がすんでのところで右足に力を与えて、波打つようにして隆起する地面を間一髪で跳び去る。

着地した場所にはネージュの魔法は及んでいなかった。しかし代わりに本人がいて、カーティスの剣を持つ手をめがけて一閃《いっせん》を放つ。

カーティスは気迫の剣を正面から受け止めた。鍔迫《つばぜ》り合《あ》いが始まって、決死の覚悟を浮かべた瞳が眼前に迫る。ネージュは既に魔力も体力も使い果たして、額に玉の汗を浮かべていた。

あれだけの魔法を使ったのだから当然だ。狙った一撃を防がれ、更には腕力勝負の鍔迫り合いに持ち込まれては、もう彼女に勝ち目はない。

細い剣だった。それを握る手も、腕も、体も、何もかもが女性のそれでしかない。本来ならば騎士に守られているはずの存在は、どうしてこの過酷な道を選んでしまったのだろう。

合わせた剣が腕力の限界を迎えて震えていたので、カーティスはネージュの剣を体ごと後ろへと押した。

これで彼女の首元に切っ先を突きつけて終わり。しかし、ここで予想外のことが起こった。

軽い体重が男の力に抗《あらが》いきれず、二歩三歩とよろめきながら後ろへと下がっていく。そして最後にブーツの踵《かかと》が踏み込んだのは、自身が作り出した大地の亀裂だった。

ただでさえ丸い瞳が限界まで見開かれ、大きく開けた口から「わ……⁉」と悲鳴が漏れる。もはや踏ん張る力を持たない体が背後へと傾き始めたところで、カーティスは剣を放り投げて右手を伸ばしていた。

間一髪というところで細い手首を掴《つか》むことに成功し、小さく息を吐く。

尻餅をつく悲劇から救われたネージュは、しばしの間状況がつかめず呆然としていたようだった。やがて瞳を揺らすと、弾《はじ》かれたように掴まれていた手を引っこ抜く。

「ぶ、無様なところをお見せし、申し訳ございませんでした！　お手合わせ頂き感謝致します！」

猛然と頭を下げたネージュが次に顔を上げた時には、丸い頬が薔薇《ばら》色《いろ》に染まっていた。

この反応は何だろうか。己のうっかりを恥じているのは間違いなさそうだが、それよりも輪をかけて動揺しているような。

まさか、触ったのが良くなかったのか？

そう考えついてしまえば、もうそれが正解としか思えなくなった。もし彼女に「騎士団長って、娘の友達に遠慮なく触ってくるような人なんだ。気持ちわる」なんて思われたら、ちょっと生きていけない。

カーティスは努めて穏やかに微笑んだ。この部下の信頼を失ったら、種類の違う苦しみに苛《さいな》まれることを思い知ってしまったから。

「腕が立つので驚いた。期待しているよ、レニエ班長」

感情を面《つら》の皮一枚下に封じ込めるのは得意だ。そう、カーティスはこの想いを表に出す気はない。

血の滲《にじ》むような努力を重ねてきたのをずっと見ていた。勤勉で朗らかで、困っている人がいたら絶対に捨て置けないネージュ。だからこそ危なっかしくて目が離せない。

それでも。どれほど気になる存在だとしても、それを口にするわけにはいかないのだ。

部下というだけで許されないのに、加えて彼女はシェリーの友人。婚期を逃し続けた中年男が人気者の若い女の子とどうこうなれるだなんて、甘い期待はこれっぽっちも抱いていない。

いつからだったのだろう。まともな大人なら娘の友人相手に抱く筈のない類の感情だ。シェリーの友人関係を引《ひ》っ掻《か》き回《まわ》すようなことができるはずもないのだから、消し去ろうと思えば簡単なはず。

ネージュは一礼して走り去っていった。部下たちに労《いたわ》られて微笑む姿にちくりと胸が痛んだことには、気付かなかったふりをした。

＊

襲撃から一夜明けた朝。一晩を救護所で過ごしたネージュは魔力疲労から回復し、寮の自室へと帰還していた。

「嘘《うそ》……」

血の気の失《う》せた唇から絶望を漏らし、ネージュはがっくりと肩を落とした。

まず窓ガラスを含む南側の壁が半壊して、倒壊した本部がこんにちはしている。暴風を受けた室内は強盗が入った方がまだマシと思えるほどしっちゃかめっちゃかで、家具は軒並み薙《な》ぎ倒《たお》され、布団は何処《どこ》かへ家出し、割れたガラスや飛来した枝などで足の踏み場もない。

大したものは置いていないが、通帳やその他貴重品などもこれではどこにあるのやら。片付けに一体どれほどかかるのか、想像しただけでぞっとする。

人命に気をとられるあまり、まさか襲撃にこんな弊害があるとは考えもしなかった。ゲーム中のシェリーは襲撃後も普通に寮に住み続けていたはずだが、これでは隣の彼女の部屋も大変なことになっているだろう。

確認してみようかと思い立ったところで、崩壊した窓の向こうから顔を覗《のぞ》かせる人影があった。

シェリーは苦笑を浮かべていて、一言断りながら軽々と瓦礫を踏み越え部屋に入ってきた。

「やっぱりこうなっているわよね」

「まあね。そっちも?」

「ええ。似たようなものよ」

シェリーもすっかり疲れ切った様子で、美貌にクマを浮かべている。酷《ひど》い顔色でも美貌が損なわれないのだから流石だ。

「ネージュは今日どうするの?」

「どうするって、一応片付けるけど」

質問の意図が読めずに瞳を瞬《まばた》かせると、シェリーはそうではないと首を振った。

「これじゃ片付けたって住めないわ。当面の宿は自分で探さないといけないのよ、私達《たち》」

「ええ……!?」

ネージュは悲壮な叫び声を上げた。言われてみればその通りなのだが、色々ありすぎてそこまで考えが及んでいなかった。

「うーん、城下に宿を取るしかないか」

「もう近場は埋まったって聞いたわよ。隣の男子寮も半壊したから、昨日のうちにみんな出て行ったみたい」

「な、何それ！」

酷い、酷すぎる。人が疲労で寝込んでいる間にそんなことになっていたなんて。

もはや考えることすら面倒になってきた。ネージュが遠い目をして真っ白になっていると、不意にシェリーがにっこりと笑った。

「ふふ。きっと困っていると思って、お誘いに来たの」

「お誘い？」

「そうよ。ねえ、良かったら私の家に一緒に住まない？」

ネージュはぴしりと表情を止めた。

正直に言うならばものすごく有難《ありがた》い申し出だ。アドラスの邸宅なら王宮から程近い貴族のタウンハウス街にあるのだろうし、住環境も抜群だろうし、何よりシェリーが一緒なら楽しいに決まっている。

しかし気にしなければならないことが一つ。

「い、いや、いやいやいや。そんなご迷惑はかけられないよ。騎士団長閣下がいらっしゃるのに、ほいほいお邪魔できるわけないじゃない」

ネージュは音がする勢いで首を横に振った。そう、その問題が何よりも重大なのだ。

憧れの人と同じ屋根の下に住むって、何その少女漫画展開。絶対におかしい。ラッキーと思えるほど神経が太ければ良かったが、生憎《あいにく》ネージュは人並みに緊張しいの小心者だ。

それにこの憧れは恋じゃない。恋じゃないのだ。どうこうなろうと思っていない以上、同じ家に住んだって息がつまるだけ。

「大丈夫よ。部屋は有り余っているし、そうそう顔なんて合わせないわ。食事の時くらいかしら」

「いや、食事だけでも緊張するから！　駄目だって、恐れ多いもん、無理、無理無理無理無理！」

「そんなこと言って全然遊びにも来てくれなかったんだもの。友達を家に呼んだことがなかったから、楽しみにしていたのに」

「え……」

侯爵家のご息女なのにそんなことがあるのだろうかと考えてみれば、理由は思い当たるような気がした。

シェリーのことだからお茶会などの社交を行わなかった訳ではないだろう。でも友達にはなり得なかった。鍛錬を好む女騎士は貴族の令嬢とはあまり話が合わず、その上時間も合いにくいのかもしれない。

ヒロインたる美女が悲しそうに肩を落とすので、ネージュはかなり心がぐらついてしまった。しかしごめんと咄嗟《とっさ》に謝って、行きたくない訳じゃないと告げたのは失敗だった。

「じゃあ良いわよね。一緒に行きましょう？」

シェリーが綺麗《きれい》な微笑みを浮かべる。

なんだかこの子、最近強くなっているような。

ネージュは早くも帰りたくなっていた。何故《なぜ》ならアドラスの屋敷《やしき》の玄関で出迎えてくれたカーティスが、そうと分からない程度に口元を引《ひ》き攣《つ》らせたのだ。

「ただ今戻りました、父上」

「ああ、お帰りシェリー」

流石に落ち着いた大人の男は違う。どれほど娘の友人の来訪を迷惑に思っていても、それをおくびにも出さない笑みだ。

ああそれにしても、私服がとても似合っている。グレーのスラックスにアイボリーのシャツ、そして上には着心地の良さそうな濃紺のカーディガン。いつもと違って髪を下ろしたラフな装いでも品良く見えるから凄《すご》い。

しかしカーティスに目を奪われていたネージュは、次にシェリーが放った言葉に盛大に固まることになる。

「父上、ネージュを住まわせてあげたいんです。彼女は寮が半壊したのでとても困っていて」

いや、シェリーさん？　もしかしてノーアポですか⁉

ネージュは一気に顔を青ざめさせた。まさか無許可で連れてこられたとは全くの想定外だった。上司のお宅に突撃する非常識な部下を前にしたのだから、当然口元も引き攣るはずだ。

何も言えなくなっていると、低いため息が耳朶《じだ》を打つ。いよいよ震え上がったネージュを待っていたのは、いつもの穏やかな低音だった。

「シェリー、強引に連れてきたね？　こんなに緊張して、可哀想《かわいそう》じゃないか」

「でも父上」

「でもじゃないよ。きちんと相手の意思は確認しなさい。私は君をそれが出来るレディに育てたつもりだったのだけどね」

カーティスは珍しくも真顔で娘を叱責した。その言葉に押さえつける強さはなかったが、代わりに胸の内に落ちる説得力があった。

「はい。ごめんなさい……」

シェリーは元より素直な性格なので、余計に響くものがあったらしい。肩を落としてネージュにも謝ってくれたので、とんでもないと首を横に振る。

「レニエ副団長、君さえ良ければしばらくの間ここに滞在しなさい」

「え……」

「寮が壊れては大変だったろう。遠慮しなくていいから」

穏やかな笑みを取り戻したカーティスからの申し出に、ネージュは驚いて目を見開いた。シェリーも嬉しそうに顔を上げ、キラキラとした瞳で父親を見つめる。

「父上、よろしいのですか？」

「元より駄目ではないよ。我が家はいつでも客人を迎え入れる準備は出来ているからね」

「良かった。ありがとうございます！」

無邪気に喜ぶシェリーを余所《よそ》に、ネージュは果てしなく動揺していた。

え、なにこれほんとに？　いいの？　友人ポジションでしかない私がこの麗しの父娘《おやこ》と一緒に住むって……？

「レニエ副団長、嫌だったら無理をすることはないんだよ」

呆然《ぼうぜん》としている部下に何を思ったのか、カーティスの笑顔が曇る。その表情を見たくなくて、ネージュは殆《ほとん》ど反射的に返事をした。

「いえっ、とんでもないことでございます！　寮が壊れて大変困っておりましたので、ありがたく存じます！」

勢いで答えてしまってから胃がひっくり返るような後悔に襲われたが、どうやら本当にアドラス邸に滞在することになったのは、父娘の笑みを見れば明らかだった。

転生したことを知ってからこっち、常に予想外の方向へと転がり続けているような気がする。先ほどから血の気が下がりっぱなしなのだが、果たしてここで暮らして無事でいられるのだろうか。

そして、こんなにも頼りない自分に皆を救うことはできるのか。

予測不能の未来に待ち受けるものは、一体何なのだろう。

ネージュは目眩《めまい》にも似た憂いを覚えながらも、せめて美貌の親子に対して礼儀を尽くすべく、腰を直角に折り曲げたのだった。

番外編　入団試験の朝

仕立てのいいジャケットに、スラックスの裾を詰め込むのは丈夫な革のブーツ。玄関ホールの鏡で全身の最終チェックをし、更には懐の受験票を確かめたシェリーは、改めて父親たるカーティスを振り返った。

「それでは行って参ります、父上」

「ああ、行っておいで。シェリー」

今日は王立騎士団の入団一次試験が行われる記念すべき日だ。

憧れの騎士団に入団できるかどうかは、数百という超高倍率を誇る一次試験の突破が鍵になる。

シェリーは十五歳の少女としての幼さを残した顔を強張《こわば》らせていたが、対するカーティスはそんな娘を見てふと笑みを漏らしたようだった。

「緊張しすぎると力が出せないよ。シェリーは今まで頑張ってきたのだから、あとはやるしかないさ」

まったく、審査する側は気楽なものである。

ただし騎士団長たるカーティスは一次試験に顔を出すことはせず、最終試験のみに参加して合否の判断を下す。政治が腐敗していた頃は騎士団長が審査することは無かったらしいが、カーティスが騎士団長に就任して少し経《た》ってから入団試験の仕事を復活させたのだそうだ。

そしてもちろんのこと、シェリーが最終試験に残ったとしても絶対に贔屓《ひいき》はしないことは、以前からよく聞かされていた。

望むところだ。実力で騎士にならなければ、カーティスに憧れて騎士を目指した意味がなくなってしまうのだから。

「受験票は持ったね？　昼食と水は？　ああ、あとは腕時計とか。体力試験用の服も」

「もう、全部持っています！　いつまでも子供と思わないでください！」

甲斐甲斐《かいがい》しいまでの確認を始めたカーティスに、シェリーはむきになって身を乗り出した。するとカーティスは面白そうに笑って、ぽんと頭を撫《な》でてくれた。

「ごめんごめん、ついね。私はシェリーを信じてるよ。だから頑張っておいで」

何だか今までのやりとりのお陰で気負いが取れて楽になってしまった。この父は大概娘の扱いが上手《うま》く、昔から良《い》いように乗せられてきたのか、何だかんだで頑張ることが出来たように思う。

「はい。行ってきます！」

シェリーは力強く頷《うなず》くと、玄関扉を押し開いてアドラスの邸宅を後にした。

幸いにして天気は快晴、そろそろ春めいてきた空気も相俟《あいま》って気持ちのいい朝だ。シェリーはしっかりと前を向いて、試験会場である城下の運動場を目指して歩き始めた。

今回の試験で合格出来るかどうかは、自身にとってとても重要なことだ。

娘が騎士を目指す事を、カーティスが手放しで賛成していないことは知っている。表立って反対された事はないが、言動の端々から何となく感じ取れるのだ。貴族の子女が就くには危険すぎる仕事であり、年頃になったらいい縁でも繋《つな》いでやれたらと考えるのは、養父といえども父親としてごく一般的な思考だと言える。

だからこそシェリーは一発合格で騎士となり、カーティスに力を示さなければならない。自分の意思で騎士になったのだと、十分に身を立てていけるのだと、父に安心してもらうために。

決意も新たに両拳を握り込む。休日の王都モンテクロはいつもの如《ごと》く華やかな喧騒《けんそう》に満ちており、自分だけが大真面目な顔をしているのが何だかおかしくて、シェリーは思わず笑みを溢《こぼ》した。

頑張ろう。カーティスはそれでも応援してくれているのだから、期待に応えなければ。

「きゃあああああ！　ひったくりー！」

突如として女性の悲鳴が響き渡ったのは、待ち合わせの聖地たる広場を通り過ぎようとした時の事だった。

シェリーは考えるより先に視線を行き来させ、瞬時に騒動の発生源を見つけた。見れば中年と思《おぼ》しき男が鞄《かばん》を手に広場を走り去るところで、そのすぐ後ろでは年配の女性が地面に倒れ込んでいる。倒れた女性を心配して周囲の人が駆け寄ってきた事を確認するや否や、シェリーは爆発的な勢いで走り始めた。

突然の事件にざわめく通行人達《たち》も、少女が駆け出したのを見ると流石《さすが》に心配の声を上げた。しかし全ての雑音を置き去りにして、シェリーはひったくり犯のジャケットの背中だけを見据えている。

敬愛する女王陛下が治める街での蛮行、絶対に許すわけにはいかない。必ず首根っこを捕まえて、正式な裁きを受けさせてやる。

この時、シェリーは自分が人生で最も重要な日を迎えていることを一時的に失念していた。自らが持つ芯の部分を揺らすつもりはなく、だからこそ何も考えずに走るしかなかった。

「待ちなさい！　この泥棒！」

「くそ、なんだよこのガキは……！」

シェリーの叫びにひったくり犯が顔だけで振り返り、焦ったように舌打ちをする。出来ることなら魔法を使いたいところだが、炎属性のシェリーは一般人を相手取るのに丁度いい魔法をまだ身につけていない。流石にただの泥棒を焼死体に仕上げるわけにはいかないので、ここは無理をしてでも魔法抜きで捕まえるべき局面だ。

男は大通りを走り続けている。シェリーの足ならばそろそろ追いつこうかというところで、男は大胆な行動に出た。振り向きざまに道に転がっていた瓶を投げつけてきたのだ。

「なっ……!?」

後ろには通行人がいた為《ため》に避ける選択肢は存在しなかった。防御魔法を展開する暇もなく、シェリーは左肩に瓶の一撃を喰《く》らった。

投擲《とうてき》によって重みを増した瓶は肩に食い込み、弾《はじ》かれるように地面に落下して派手な音を立てた。不思議と痛みは感じず、走るのを止めることも無かったが、一瞬の出来事によって思うよりも距離が開いてしまっている。

悔しい。こんな卑怯《ひきょう》な奴《やつ》すら、満足に捕まえることも出来ないなんて。

「土の城壁！」

明朗な声が呪文を唱えたのはその時のことだった。

瞬きの間に歩道の上に土の壁が出現した為に、男は顔面からそれに突っ込んでしまった。鈍く重い音がして、苦悶《くもん》の声を上げた男が地面に蹲《うずくま》る。何が起きているのかを理解できない通行人達は呆気《あっけ》に取られていたが、シェリーは一拍置いて状況を理解するに至っていた。

これは魔法だ。とても素晴らしい精度と強度を示す、堅牢《けんろう》な土の魔法。

「ごめんなさい、ちょっとどいて下さいね。その人泥棒みたいなので、近付かないように」

拍子抜けするような調子で年若い女性が人混みをかき分けてきた。ミルクティー色の髪と琥珀色《こはくいろ》の瞳は別段珍しくも無いが、親しみやすい笑顔と丸い瞳が印象的な人物だ。

女性は倒れた男からシェリーへと視線を向け、不安そうに眉尻を下げつつ歩み寄ってきた。

「貴方《あなた》、大丈夫？　泥棒って言ってたから思わず手を出しちゃったんだけど、問題なかったかな……？」

なんと、どうやらこの女性があの壁の主《あるじ》だったらしい。意表を突かれたシェリーは目を丸くしたが、すぐに我に返って何度も肯首した。

「ありがとう、すごく助かったわ！　その人、さっきお婆《ばあ》さんから鞄をひったくったの」

「ひったくり？　貴方、随分勇敢なんだね」

女性が目を細めて男を一瞥《いちべつ》する。ひったくり犯は既に戦意を喪失して、屈強そうな男達に取り押さえられていた。

「まったく、女の子に瓶を投げつけるなんて最低。ねえ、肩は痛くない？　結構思い切りぶつけられたみたいだったけど」

「肩？　大丈夫だと思うわ」

「今はまだ気を張っているからね。一応、治療しておこうかな」

まあ治癒の魔法は苦手なんだけどと前置きをして、女性はシェリーの肩に手を翳《かざ》して呪文を唱えた。するとふわりと温かいものが流れ込んできて、今更のように自覚した痛みが引いていくのを感じる。

「貴方は立派だね。咄嗟《とっさ》にひったくりを追いかけるなんて、なかなか出来ることじゃないよ」

「そうかしら。私にとっては普通のことだけれど」

「ふふ、そっか。まるで騎士みたいだね」

その言葉はシェリーの背を優しく押してくれた。

彼女にそんなつもりはなかっただろう。それでもシェリーは自らの夢を肯定してもらったような気がして、とても嬉《うれ》しかった。

それにしても、この女性こそが騎士のようだとも思う。

力強い魔法に、すぐに人を助けようとする精神性。こんな人と一緒に騎士としての仕事が出来たなら、きっと凄《すご》く幸せだろう。

「あっ！」

そこまで考えを巡らせたところで、シェリーはようやく気がついた。

一気に血の気が引いていく。そうだ、今から試験に行かなければならなかったのに！

「い、いま、何時っ……⁉」

慌てるあまりに自分が時計を持っていることを忘れ、シェリーは女性に縋《すが》りついた。治療を終えた女性は怪訝《けげん》そうに腕時計を確認して「九時半を過ぎたところだけど」と言った。

良かった、走ればギリギリ間に合う時間帯だ。シェリーは勢いよく頭を下げると、大慌てで礼を述べた。

「ごめんなさい私、ものすごく急いでるの！　もう行ってもいい⁉」

「え⁉　いいけど、せめて名前は？　被害者のお婆さんもお礼くらい言いたいだろうし、警察も事情を聞きたがると思うんだけど」

「私は何もしていないからいいの！　事情聴取は申し訳ないけど、貴方に任せるわ！　ごめんなさい！」

最後の方は殆《ほと》ど走りながらの発言になった。故に女性からどんな反応が返ってきたのか確認できないまま、シェリーは街中を疾走するのだった。

＊

「足速っ……！　見た目によらず元気な子だったなあ」

あっという間に豆粒大になった背中を見送って、ネージュは後ろを振り返った。

ひったくり犯を捕縛しているのは、休みに一緒に遊びに出掛けていた騎士団の同期たちだ。一足早く事態に気付いたネージュに追随して、全員がよく動いてくれた。

「ネージュ、鞄の持ち主ってどこにいるんだ？」

その中の一人であるフレッドが気楽な調子で言う。残念ながらそれについて聞くことはできなかったので、ネージュは肩をすくめて見せた。

「聞きそびれちゃった。まあそろそろ警察も来ると思うし、すぐわかるんじゃない？」

「それもそうか。しっかしさっきの子、可愛《かわい》かったなあ……」

フレッドは記憶を辿《たど》るように虚空を見つめている。やに下がったという表現がぴったりの顔に、ネージュは思わず苦笑した。

「本当ね。残念だけど、名前も聞けなかったよ」

そう、本当に綺麗《きれい》な女の子だった。

凛《りん》とした翡翠《ひすい》の瞳と、銀色の真《ま》っ直《す》ぐな髪が彼女の清廉な性格を表すかのよう。身を挺《てい》して犯人を捕まえようとした姿は、誰もが目を奪われるほどに格好良かった。

「あー、惜しいことしたよな！　またどっかで会えんもんかね」

悔しがるフレッドに同期たちが口々にヤジを飛ばす。あんな綺麗な子だぞ、相手にされねえよとの言葉を受けて、フレッドも楽しそうに言い返している。男達はこういう話になると一体感を見せるのだから少し羨ましい。

「でもさ、わかんないぜ。今この時にあれだけ急いでたってことは、あの子、入団試験を受けるかもしれないよな？」

フレッドが述べたことは思いの外説得力があったので、ネージュと同期達は一斉に口を噤《つぐ》んだ。確かにそうかもしれない。非番のネージュ達に確かめる術《すべ》はないが、彼女が走っていった方向は試験会場とも一致する。

「もしそうなら受かるといいな……」

ぽつりと呟《つぶや》いたネージュに、全員が頷いた。

人生に関わる一大事を前にしても、他人のために動くことのできる女の子。更には瓶を投げつけられた時、背後にいる通行人を庇《かば》ったように見えた。もし彼女が騎士になったのなら、さぞかし心強い仲間となるに違いない。

「今回の試験は面白いことになりそうだな。何でも騎士団長閣下のお嬢さんも受験なさるんだろ？」

「ああ、聞いた。すげえ優秀だって噂《うわさ》だぜ」

「養女らしいけど、才能あるお嬢さんなのかね」

同期達は試験についての噂話を始めた。騎士団長の娘が受験するという噂はネージュも小耳に挟んでいたが、雲の上の話のようであまり実感が湧かなかった。

けれどあのアドラス騎士団長の娘なら、きっと人格的にも優れた素晴らしいお嬢さんなのだろう。騎士団は女性が極端に少ない職場だから、もしさっき出会った女の子と騎士団長のご息女様が両方入ってきてくれたら、華やかになって嬉しいなと思う。

さて、この後は警察と少しばかり話をしなければならない。軽犯罪への対応は警察の仕事であり、非番の騎士にこの場を仕切る権限はないのだ。

かの少女のことはどう言って伝えようか。幻のような女の子が逮捕に大きく貢献したと言ったら、きっと誰もがぽかんとしてしまうだろう。

ネージュは少し笑って、少女が走っていった道の先を見つめた。

新人騎士の入団式にて二人が再会するのは、この少し後の話である。

〈終〉

あとがき

この本をお手に取って頂きありがとうございます。著者の水仙《すいせん》あきらと申します。

ありがたくも二作目の書籍化です。前作の『ガリ勉地味眼鏡』に初めて書籍化のお話を頂いた時は、一生のうちにあるかないかの機会だから、悔いのないようにやり切ろう！という心境だった筈が、まさかこうして昔の作品の本が出来上がるとは夢にも思いませんでした。

そう、実のところ、前作よりもさらに前に書いたのが『脇役転生した乙女は死にたくない』です。

この物語を書いたのは三年以上前のことで、当時は書籍化なんて夢のまた夢、そもそも視野にも入っておらず、何も考えずにただ好きなものを書き散らかしておりました。

つまりは気遣いなく様々な要素を詰め込んで大釜でグツグツ煮込んだ謎の物体、それこそが『脇役転生した乙女は死にたくない』なのです。読みにくい点は多々あるかと思いますが、その分熱い仕上がりになったと自負しておりますので、どうぞご容赦下さいませ。

そんな大前提がありまして、私が書いたヒロインの中でも屈指の難題を背負い込むことになったのがネージュでした。

ネージュはヒロインというよりも、主人公といった方がしっくりくるかもしれません。神様に色々文句を言いつつも、何だかんだで東奔西走し、粘り強く戦う女騎士。ファランディーヌに恋愛小説好きがバレた時はちょっと自己保身に走って口ごもってみたりする、人間味に溢れた女の子です。

対するヒーローのカーティスは、まずは理想の大人として書くことを第一にしていました。ヒーローとしてというよりも、人として格好良くしたかったのです。結果的には年齢以上の苦悩を背負い、人間味を抑え込んで出し方を忘れてしまったような、ある意味でネージュと正反対の人物になりました。

本作には多数のキャラクターが登場します。物語の設定を踏まえて絞りに絞りましたが、私の力ではこの人数が最少でした。

彼ら一人一人、同じ光景を見たとしても感想は違うことでしょう。

脇役から見た乙女ゲームの世界は殺伐としているようでいて、そう悪いことばかりでも無いようです。泥臭くかけずり回るネージュが最後に何を得るのか、そして高難易度ミッションはクリアできるのか、この先もお付き合い頂ければ嬉しいです。

最後になりましたが、素敵なイラストを描き上げて下さったマトリ先生、本当にありがとうございました。キャラクターデザインからあまりにも精緻でイメージにピッタリで素晴らしかったので、初見の時はあまりの眩《まぶ》しさに床に倒れ込みました。

コミカライズをご担当の高岡佳史《たかおかけいし》先生、楽しい作品をありがとうございます。私も大変楽しみにしていますので、読者の皆様にも一緒に楽しんで頂けると嬉しいです。

そしていつも愉快に見守って下さる担当様、書籍化にあたってご尽力下さった皆様、何よりも読者の皆様に、心より御礼申し上げます。

これからもマイペースに筆を取り続けてまいりますので、気まぐれにでも面白がって頂けたなら幸甚です。

それでは、またどこかでお会いできることを願って。

水仙あきら

Kラノベブックスf

脇役転生《わきやくてんせい》した乙女《おとめ》は死《し》にたくない
~死亡《しぼう》フラグを折《お》る度《たび》に恋愛《れんあい》フラグが立《た》つ世界《せかい》で頑張《がんば》っています!~

水仙《すいせん》あきら

2023年4月28日第1刷発行

発行者 森田浩章
発行所 株式会社 講談社
〒112-8001 東京都文京区音羽2-12-21
電　話 出版 (03)5395-3715
販売 (03)5395-3608
業務 (03)5395-3603
デザイン しおざわりな(ムシカゴグラフィクス)
本文データ制作 講談社デジタル製作
印刷所 株式会社KPSプロダクツ
製本所 株式会社フォーネット社

KODANSHA

ISBN978-4-06-528866-5　N.D.C.913　243p　19cm
定価はカバーに表示してあります

ファンレター、
作品のご感想を
お待ちしています。

あて先 〒112-8001　東京都文京区音羽2-12-21
(株) 講談社　ラノベ文庫編集部 気付
「水仙あきら先生」係
「マトリ先生」係